Klaus Kordon

Lütt Luftballon und die große Mitternachtsbeschwörung

Klaus Kordon

Lütt Luftballon

und die große Mitternachtsbeschwörung

Mit Illustrationen von Philip Hopman

Erika Klopp Verlag

Die Deutsche Bibliothek – CIP-Einheitsaufnahme
Kordon, Klaus:
Lütt Luftballon und die große Mitternachtsbeschwörung/
Klaus Kordon. – München : Klopp, 1994
ISBN 3-7817-1077-7

Einbandbild: Philip Hopman
Satz: Filmsatz Schröter, München
Druck und Bindung: Ebner Ulm
Printed in Germany
Auflagenkennzeichnung (letzte Ziffern maßgebend):

Auflage:	6	5	4	3	2	1
Jahr:	1999	98	97	96	95	94

Inhalt

Lütt Luftballon

Lütt Lütjen heißt eigentlich gar nicht Lütt. Er heißt Henning. Henning Lütjen. Und daß er ausgerechnet in Lütjenholm geboren wurde, ist kein Zufall. Sein Urururgroßvater, der berühmte Kjer Ole Lütjen, hat den Ort gegründet. Und das war lange Zeit das einzige, worauf Lütt stolz sein konnte.

An der Nordsee heißt »lütt« nämlich »klein«, und Lütt wohnt nur ein paar Kilometer weg vom Meeresstrand und ist sehr klein. »Lierlütt«, wie die Großmutter das nennt, die gern plattdeutsch spricht. Als Lütt geboren wurde, erzählt sie, sei er sogar so klein gewesen, daß er in einen Fingerhut gepaßt habe. Später, als Baby, hätte sie ihn dann im Puppenwagen spazierengefahren.

Das ist sehr übertrieben, aber eins ist wahr: Lütt Lütjen war schon immer der lüttste Junge von ganz Lütjenholm. Einmal, in der ersten Klasse, machte die Schule einen Ausflug nach Hamburg in den Zoo. Da mußte ihm Frau Klaasen, die Klassenlehrerin, einen roten Luftballon in die Hand drücken, damit er nicht verlorenging. Er schämte sich dafür, immer dieses rote Ding über sich schweben zu haben. Doch Frau Klaasen sagte, das müsse sein. Schließlich hätte sie die Verantwortung für ihn. Seit jenem Tag aber rufen ihn die Kinder nur noch »Lütt Luftballon«.

Voriges Jahr, in der zweiten Klasse, führten sie in der Schule ein Märchenstück auf. Und wer mußte den Zwerg mit der Zipfelmütze spielen, der nur immer mit dem Fuß aufstampfen durfte und kein einziges Wort zu sagen hatte? Natürlich Lütt Luftballon.

Jetzt ist Lütt neun Jahre alt, geht in die dritte Klasse und ist noch immer der »Dwarg« – der Zwerg. Auch Pinguin nennen ihn die anderen Kinder, wenn sie ihn ärgern wollen, oder Wasserfloh. Und sie bitten ihn aufzupassen, daß ihn nicht aus Versehen ein Huhn aufpickt oder der Wind fortbläst.

Es gibt nichts Schlimmeres für Lütt als diesen

Spott. Daß alle Welt ihn nur »Lütt« ruft, daran hat er sich gewöhnt. Aber spotten darf man nicht über ihn. Das macht ihn wütend. Oder traurig. Je nachdem, wie er in Stimmung ist.

Schließlich ist er ja nicht gern so klein. Was hat er nicht schon alles versucht, um zu wachsen! Sogar Streckübungen hat er gemacht. Im Bett. Sein bester Freund Johnny Binckerbanck hat ihm dabei geholfen. Erst haben sie seine Füße vorn ans Bett gebunden, dann die Hände hinten. Alles ganz straff. Wie ein festgezurrter Affe hat er dagelegen, und Johnny hat auf die Uhr geguckt und alle fünf Minuten die Schnur noch ein bißchen straffer gezogen.

Am ersten Tag hat er sich eine halbe Stunde so foltern lassen, am zweiten vierzig Minuten, am dritten fünfzig, am vierten eine ganze Stunde lang. Gleich danach hat er sich jedesmal mit dem Rücken an den Türrahmen gestellt, und Johnny hat über seinem Kopf einen Strich gemacht. Immer auf dieselbe Stelle. Also war er keinen einzigen Millimeter gewachsen. Nur ganz dicke Hände und geschwollene Füße hatte er von der Quälerei bekommen.

Ein anderes Mal hat er sich die Gewichte von der großen Waage an die Füße gebunden und sich mit den Händen an den Schlafzimmerschrank gehängt. Und dann hat er ausgehalten, bis er glaubte, seine Arme wären zwei Meter lang. Geholfen hat auch das nicht.

Schwimmen ist er gegangen, Hanteln hat er gestemmt, und sogar zum lieben Gott hat er gebetet – alles umsonst. Die Großmutter hat ihm geraten, Möhren zu essen, Kohlrabi, Gurken und Sellerie. Er versuchte auch das. Kiloweise hat er das Zeug in sich hineingestopft – nichts ist passiert. Und dabei glauben viele Lütjenholmer, Grootmoder Lütjen könnte sogar Krankheiten heilen, wenn sie nur wollte.

Warum Lütt sich solche Mühe gab zu wachsen? Weil er endlich mal ernst genommen werden wollte. Auf einen »Lütt Luftballon« sahen ja alle nur herab. Da konnte er noch so kluge Sachen sagen, wer so lütt war wie er, der mußte auch einen lütten Verstand haben. Jedenfalls behandelten ihn alle so. Wer ohne Stuhl nicht mal die Schultafel abwischen konnte, wozu mochte der sonst taugen, dachten sie.

Wenn nun wenigstens in Lütts Familie jemand wäre, der seine Nöte teilte. Aber nein, sein Vater, der Futtermittelhändler Oke Lütjen, ist ein Riese von einem Mann. Der hebt die schweren Säcke mit Kleie oder Fischmehl, als wären sie nur voller Watte. Und Lütts ältere Brüder sind sogar noch größer. Lasse, der in Christian Burmeesters Autowerkstatt arbeitet, ist einsneunzig und Finn, der bereits in die zwölfte Klasse geht, auch schon einssiebenundachtzig.

Lütts Mutter ist zum Glück nicht ganz so groß. Auf dem Schulfoto in der Wohnstube aber ist zu sehen, daß sie als Kind auch kein Krümel war. Und Lütts Schwester Swantje, die schon eine eigene Familie hat, ist zwar nicht so groß wie Lasse und Finn, aber dafür doppelt so breit.

Der jüngste Sproß der Familie Lütjen ist aus der Art geschlagen, das steht fest. Und so manch einer hätte sich irgendwann still damit abgefunden und brav weiter den »Lütt Luftballon« gespielt. Nicht aber Lütt. Einer wie Lütt gibt so schnell nicht auf. Und so startete er eines Nachts mit seinem Freund Johnny Binckerbanck einen allerletzten Versuch, doch noch zu wachsen.

Probieren geht über Studieren

Vor jener Nacht war ein sehr sonniger und warmer Nachmittag. Lütt lag mit Sünje, seiner großen Neufundländer-Hündin, auf der Wiese neben der Kleinen Au – dem Flüßchen, das an Lütjenholm vorüberfließt – und langweilte sich.

Sünje gehörte ihm, seit er zur Schule kam. Die Eltern hatten sie ihm geschenkt, als sollte der große Hund ihm Mut machen. Dabei kam Lütt sich am Anfang neben Sünje nur noch kleiner vor.

Aber er liebte sie sehr. Weil sie so treu und geduldig war und keinem was tat, der ihm nichts tat. Außerdem war es Sünje egal, wie groß oder klein ihr Herrchen war. Wenn Lütt etwas sagte, gehorchte sie.

Bienen und Hummeln summten um die beiden herum, Schmetterlinge flogen vorüber, Grillen zirpten im Gras, Marienkäfer krabbelten Lütt über die nackten Beine. Sonst passierte nichts.

Wenn er größer wäre, überlegte Lütt – ungefähr so groß und kräftig wie Lasse oder Finn –, könnte er später vielleicht mal auswandern. Nach Australien, Südamerika oder Kanada. Dort war garantiert mehr los als hier. Aber sicher würden sie so kleine Leute wie ihn in so weit entfernten Ländern gar nicht nehmen.

Gerade als er das dachte und dabei so richtig schön traurig war, kam Jens Schlüter die Landstraße entlanggefahren. Auf seinem Mofa. Jens war schon sechzehn und der hübscheste Junge und tollste Fußballspieler von ganz Lütjenholm und Umgebung. Die Mädchen liefen ihm nur so nach. Bestimmt war er gerade wieder unterwegs, um sich mit einer von ihnen zu treffen.

»Moin, Lütt!« rief Jens und bremste.

»Moin« kann guten Morgen, guten Tag oder gute Nacht bedeuten. Lütt aber war überhaupt nicht »gut« zumute. Deshalb antwortete er erst gar nicht, und Sünje knurrte nur. Nicht wegen Jens. Den kannte sie längst. Wegen des Mofas, das so laut knatterte, knurrte sie. Sie haßte alles, was laut war und stank.

»Is was?« Jens wußte, warum Lütt oft so traurig war. Kurz entschlossen stellte er sein Mofa ab, legte es ins Gras und hockte sich zu Lütt und Sünje.

»Hau ab!« Unlustig drehte Lütt sich von Jens weg. Das fehlte gerade noch, daß ausgerechnet der tolle Jens ihn trösten wollte.

Jens überhörte Lütts schlechte Laune einfach. Erst erzählte er ein bißchen vom Fußballspiel am Sonntag – B-Jugend Lütjenholm gegen B-Jugend Mönkebüll, ein schweres Spiel –, dann beschwerte er sich über das kaputte Auspuffrohr an seinem Mofa. Ob Lütts großer Bruder Lasse nicht mal

nachsehen könne, was damit nicht stimmte? Natürlich nur aus Freundschaft, also kostenlos.

Das war typisch Jens. Stets versuchte er, irgendwo was umsonst zu bekommen. Lütt drehte sich immer noch nicht zu ihm um.

»Wenn du mit Lasse sprichst, gebe ich dir einen guten Tip.«

»Was denn für 'n Tip?« murrte Lütt.

»Du willst doch nicht immer so lütt bleiben, oder?«

Was für eine blöde Frage!

»Kann ich mir gut vorstellen.« Jens kaute auf einem Grashalm herum. »Macht bestimmt keinen Spaß, ewig so rumzulaufen – Kopp größer als 'ne Waldmaus.«

Da hätte Lütt eigentlich aufstehen und fortgehen müssen. Solche Sprüche empfand er als Beleidigung. Doch er ging nicht. Hatte Jens nicht was von einem guten Tip gesagt? Vorsichtig drehte er sich doch noch zu ihm um. »Was denn für 'n Tip?«

»Sprichst du mit Lasse?« Jens grinste.

»Vielleicht.«

»Fein!« Jens wurde ganz ernst, und dann erzählte er von seinem Großvater. Der habe in seiner Jugend viele Pickel gehabt. Wie ein Streuselkuchen habe er ausgesehen. Bis ihm ein alter Segelmacher, der fast sein ganzes Leben auf See verbracht hatte, einen Trick verriet, wie er sie loswerden könnte. Schon am nächsten Morgen seien alle Pickel fortgewesen. Eine Beschwörung sei das Geheimnis gewesen, und die helfe nicht nur gegen Pickel, sondern auch gegen alles andere.

»Was denn für 'ne Beschwörung?« Lütt wurde immer hellhöriger. Wenn es darum ging, schneller zu wachsen, war er bereit, alles auszuprobieren.

Jens sah sich um, ob ihnen auch niemand zuhörte. Dann flüsterte er Lütt ins Ohr, was bei seinem Großvater geholfen hatte.

Lütt hielt die Luft an. So was sollte wirken?

Etwas Verrückteres hatte er noch nie gehört. Jens wollte ihn doch nicht etwa verkohlen?

Doch Jens blieb ganz ernst. »Probieren geht über Studieren. Was soll dabei groß schiefgehen? Du mußt nur einen Freund haben, der genauso alt, aber viel größer ist als du. Wenn der mitmacht, könnte es klappen.«

Einen Freund, der genauso alt, aber viel größer war als er, hatte Lütt: Johnny Binckerbanck. Und natürlich würde Johnny mitmachen. Er hatte noch nie nein gesagt, wenn Lütt ihn um etwas bat. Und wenn das seine letzte Chance war, ein bißchen schneller zu wachsen, würde Johnny sonstwas anstellen, um ihm zu helfen.

»Aber sprich mit Lasse«, mahnte Jens noch mal. »Was man sich mit einer Lüge erkauft, hält nämlich nicht.«

Lütt versprach es hoch und heilig und lief gleich los. Und Sünje lief neben ihm her und guckte verwundert. So schnell war Lütt noch nie gelaufen.

Spatzen und Adler

Lütt brachte Sünje nach Hause, dann lief er weiter zum »Kirchspielkrug«.

Die Gaststätte von Johnnys Eltern lag direkt zwischen Kirche und Post. Bei schönem Wetter standen immer ein paar Tische draußen. Die mußte Johnny dann abwischen. Und manchmal mußte er auch bedienen.

An diesem Tag stand Johnny gerade hinter der Theke und spülte Gläser. Das mußte er auch oft tun. Doch er fand das viel besser als zum Beispiel Schularbeiten machen. Beim Gläserspülen konnte er wenigstens nachdenken. Und Johnny dachte gern nach. Über alles mögliche machte er sich Gedanken. Sehr klug war er davon aber noch nicht geworden. Kriegte er in der Schule mal eine Drei, freute er sich.

Ein kurzer Pfiff, und Johnny blickte auf. Schnell winkte Lütt ihm durch die offene Tür zu.

Johnny sah Lütt an, daß etwas Wichtiges passiert sein mußte. Er nickte ihm zu und trocknete sich gleich die Hände ab. Dann blickte er zu seinem Vater hin. Der saß am Stammtisch und unterhielt sich mit Hinrich Asmussen, dem Nachbarn der Lütjens, der oft dort saß, weil an der frischen Luft sofort seine Pfeife ausging, wie er sagte.

Als sein Vater gerade laut lachte, nahm Johnny schnell zwei Streifen Kaugummi aus dem Regal mit den Süßigkeiten und schlich sich aus der Tür. Wenig später saßen die beiden Freunde auf dem Bretterstapel, aus dem Johnnys Vater irgendwann mal einen Fahrradschuppen bauen wollte, und kauten Kaugummi. Und während sie kauten, erzählte Lütt, was er von Jens erfahren hatte.

Johnny wollte gern, daß sein Freund Lütt schneller wuchs. Nicht etwa, weil er Lütt zu klein fand. Nein, nur weil Lütt sich das so sehnlichst wünschte. Ihm selbst war es egal, wie groß einer war, wenn er ihn nur wegen seiner manchmal etwas krausen Gedanken nicht auslachte. Und das hatte Lütt noch nie getan. Im Gegenteil, er fand Johnnys Gedanken immer sehr interessant.

Wer fragte sich denn sonst, warum noch niemand einen Holzmagneten erfunden hatte? Mit einem Holzmagneten, fand Johnny, hätten die Forstarbeiter doch viel weniger Mühe, wenn sie die Baumstämme auf ihre Lastwagen luden. Da brauchten sie keine Ketten und keinen Kran, sondern nur einen riesigen Magneten – und, schwups, schon hingen alle Baumstämme dran.

Und hatte sich außer Johnny schon mal jemand gefragt, weshalb die Schulnoten verkehrt herum gingen? Sechs Mark in der Tasche waren doch auch mehr wert als eine. Warum wurden dann die Schul-

noten nicht umgestellt, damit auch in der Schule die Sechs mehr wert war als eine Eins oder Zwei?

Solche Gedanken machte sich Johnny manchmal. Aber was er jetzt zu hören bekam, daran zweifelte sogar er. »Und das soll wirklich funktionieren?« fragte er mißtrauisch.

»Nur, wenn man's genau um Mitternacht macht«, antwortete Lütt genauso ernst wie zuvor Jens. »Und natürlich nur bei Vollmond.«

Er wußte ja selbst nicht recht, ob er Jens trauen durfte. Ausprobieren aber mußte er die Beschwörung. Und etwas auszuprobieren, ohne fest daran zu glauben, ging nicht. Das konnte dann ja nicht funktionieren.

»Heute nacht ist Vollmond«, sagte Johnny da

und wunderte sich gleich mal wieder über diesen Zufall. »Ich weiß es von meiner Mutter. Bei Vullmoon kann sie nämlich nicht einschlafen. Darum schimpft sie immer schon tagelang vorher drüber.«

»Siehste!« freute sich Lütt. »Vollmond ist was Besonderes.« Und sofort hielt er Johnny die Hand hin und fragte leise: »Machst du mit?«

Johnny zögerte noch ein wenig. »Muß es denn unbedingt auf dem Scheunendach sein? Geht's nicht auch auf der Wiese?«

»Nee! Auf der Scheune sind wir ja viel näher am Mond.«

Das mußte Johnny einsehen. Aber er seufzte. So groß und kräftig er war, Sport war nicht gerade seine starke Seite. Wollte Lütt irgendwas unternehmen, bei dem ein bißchen gelaufen oder geklettert werden mußte, hatte er jedesmal viel Mühe mit dem Freund. Zum Schluß jedoch gab Johnny stets nach, so wie auch jetzt. Also schlug er ein, und Lütt erinnerte ihn noch mal daran, auch ja viel zu trinken. »Je mehr, desto besser. Sonst kannst du heute nacht vielleicht nicht.«

Johnny versprach Lütt auch das, dann lief er in den »Kirchspielkrug« zurück. Bestimmt hatte sein Vater ihn schon vermißt. Johnnys Vater schimpfte zwar nie mit ihm, guckte aber jedesmal sehr besorgt, wenn Johnny »faulenzte«. Dieses Gucken war für Johnny schlimmer als jedes Schimpfen.

Lütt stellte sich vor, wie Johnny den halben »Kirchspielkrug« leer trank, damit er in der Nacht auch konnte, dann lief er nach Hause und freute sich. Vielleicht war Jens' Rat ja doch nicht so verrückt.

In der Küche war gerade Swantje zu Besuch, die große Schwester. Und natürlich hatte sie ihr Töchterchen Frauke mitgebracht. Frauke streckte gleich beide Arme aus, als sie ihren kleinen Lieblingsonkel sah. Lütt nahm sie hoch und rieb seine Nase an ihrer kleinen Knolle. Das mochte Frauke, da juchzte sie jedesmal laut. Viel mehr aber konnte Lütt nicht mit ihr tun, zum Spielen war sie noch zu klein.

»Ist Lasse noch nicht da?« fragte er die Großmutter, die sich von allen Frauen im Ort am liebsten mit ihrer Enkelin Swantje unterhielt und sich nur ungern dabei stören ließ.

»He is weddermal bi sien Gockelhaans«, antwortete sie deshalb nur und erzählte gleich weiter, wie Telsche Thormählen, einst ihre beste Schulfreundin, unter die Erde gebracht worden ist. Und wie schön der Pfarrer Maart dabei gesprochen hat. Die sieben Weltmeere wären ihr die Backen runtergeflossen, so herzerreißend hätte der Herr Pastor geredet.

Vorsichtig stellte Lütt Frauke auf die Dielenbretter zurück, dann lief er in den Hühnerstall. Autos reparieren und Hühner züchten waren die beiden großen Leidenschaften von Lasse. Eine Menge Federvieh mit ganz fremdländischen Namen lief im Stall durcheinander. Darunter halbe Adler und ein paar »Spatzen«. Schon drei Preise hat Lasse bei Zuchtausstellungen gewonnen. Ob er aber je eine Frau finden würde, solange er nur in der Auto-

werkstatt oder im Hühnerstall herumhockte? Darüber sorgte sich am meisten die Großmutter.

»Moin«, sagte Lütt und erzählte seinem Bruder, der so groß war, daß er im Stall immer nur gebückt stehen konnte, vorsichtig von Jens' Auspuffrohr.

Lasse versprach, sich Jens' Mofa nachher mal anzusehen, dann fing er gleich von seinen Hühnern an. Zwei seiner besten Hähne machten ihm Sorgen. Sie seien so müde. Ob sie vielleicht anderes Futter brauchten?

Lütt hatte seinen großen Bruder mit den ewigen Hühnerfedern im zerstruwwelten Haar sehr gern, an jenem Tag aber hörte er gar nicht richtig zu. Lasse würde Jens' Auspuffrohr reparieren! Nur das war wichtig. Sonst klappte Jens' Trick nämlich ganz bestimmt nicht. War ja sowieso eine sehr seltsame Angelegenheit, das Ganze.

Blutsbrüder

Lütt lag im Bett und nahm immer wieder einen Schluck aus der großen Limonadenflasche, die er sich auf den Nachttisch gestellt hatte. Nicht nur Johnny, auch er mußte genug trinken, damit es nachher klappte.

Schon bald merkte er, daß er mal aufs Klo müßte. Doch er hielt aus. Die Beine über Kreuz, lag er im Bett und dachte nur daran, daß er nicht einschlafen durfte. So schnell war ja nicht wieder Vollmond. Es wäre schade, Zeit zu vertrödeln.

Als Finn kam, war es genau fünf Minuten vor zehn. Also mußte er noch zwei Stunden liegenbleiben. Wie sollte er das schaffen, ohne ins Bett zu machen?

Finn, der erst ein eigenes Zimmer bekommen würde, wenn Lasse aus dem Haus war, zog sich aus und ging sich waschen. Dann kam er zurück, legte sich in sein Bett – und war weg. Am nächsten Tag mußte er zur Fahrprüfung. Da wollte er ausgeschlafen sein. Hatte er erst seinen Führerschein, durfte er mit Lasses altem Auto zur Schule fahren. Darauf freute er sich schon.

Lütt war froh, daß der Bruder nicht mehr mit ihm gesprochen hatte. Obwohl Finn sicher gemerkt hatte, daß er noch wach war. Hätte der Bruder ihn angesprochen, hätte er zur Toilette rennen müssen. Reden und Festhalten gleichzeitig ging nicht.

Doch jetzt wurde das Warten noch schlimmer. Fast jede zweite Minute guckte Lütt auf die Uhr. Die Zeit aber wollte und wollte einfach nicht vergehen.

Um halb elf stieg Lasse in seine Kammer hoch, die Holztreppe knarrte laut. Wenig später kam die Großmutter, um elf gingen die Eltern zu Bett. Und natürlich redeten sie dabei übers Geschäft. Warum dieses Jahr die Kleie nicht ging, wieso sie so viel Kraftfutter auf Vorrat hätten, welche Landwirte noch bei ihnen Schulden hatten – immer die gleichen Sorgen.

Irgendwann war es dann sehr still im Haus. Alles schlief. Nur Lütt nicht. Und jetzt brauchte er auch keine Angst mehr zu haben, daß er einschlief. Er mußte nun so dringend, daß er davon immer wacher wurde und richtig zu schwitzen begann. Zum Aufstehen war es jedoch immer noch zu früh. Was sollte er denn mitten in der Nacht und noch dazu ganz allein draußen anfangen?

Dann – endlich, endlich, endlich – war es eine halbe Stunde vor Mitternacht. Ganz leise zog Lütt sich an – und spürte, wie er das Wasser kaum noch halten konnte. Mit zusammengebissenen Zähnen und Tränen in den Augen schlich er sich aus der Tür und die Stiege zur Küche hinunter. Dort öffnete er leise das Fenster, stieg durch und ließ sich vorsichtig in den dunklen Garten hinab. Danach zog er das Fenster von außen wieder zu.

Und dann lief er los und wurde immer schneller. Denn je schneller er lief, desto weniger merkte er, wie nötig er mußte.

Sie hatten sich direkt vor Michelsens alter Scheune verabredet. Die war die höchste weit und breit und in der wolkenlosen, mondhellen Nacht schon von weitem gut zu erkennen. Und natürlich war Johnny, als Lütt die Scheune endlich erreicht hatte, längst da. Wenn Lütt sich mit ihm verabredete, kam Johnny immer als erster.

»Beeil dich!« drängte Johnny. »Ich muß ganz nötig.«

»Ich auch«, keuchte Lütt. »Aber bevor es nicht Punkt zwölf ist, dürfen wir nicht anfangen. Sonst wirkt es nicht.«

Das sah Johnny ein, und so hüpfte er weiter auf und ab, um den schlimmen Drang ein wenig zu lindern.

Lütt sah sich gleich nach der Leiter um. Und sie hatten Glück, die lange, schwere Holzleiter lehnte schon an der Scheunenwand. Sie brauchten nur noch hinaufzusteigen.

Lütt ging voran, Johnny folgte ihm. Dabei spähten sie immer wieder zu Michelsens Wohnhaus hinüber. Hinter den Fenstern war es dunkel. Also schliefen dort alle tief und fest: Wiebke Michelsen, die in Lütts und Johnnys Klasse ging, ihre Eltern und ihr Opa, der jeden Sonntagmorgen bei Johnnys Vater im »Kirchspielkrug« saß und Witze erzählte, aber sonst sehr streng war.

Wiebke war ziemlich groß und hatte ganz weißblonde Haare. Aber sonst war sie sehr in Ordnung. Wenn sie bloß nicht manchmal so erwachsen tun würde!

Die Leiter wackelte.

»Paß doch auf!« flüsterte Lütt erschrocken. Sie waren ja schon ziemlich hoch.

»Kann nicht«, flüsterte Johnny heiser zurück. »Ich plätscher mir sonst in die Hose.«

Das erinnerte auch Lütt daran, wie dringend er mußte. Schnell stieg er weiter die Leiter hoch, bis sie endlich auf dem Scheunendach angelangt waren.

Hier oben waren sie dem Mond wirklich viel näher. Groß und rund und hell sah er vom Himmel auf sie herab. Lütt rieselte es eiskalt den Rücken hinunter. Bisher hatte er Jens nur ganz vorsichtig geglaubt. Jetzt, unter diesem Mond zwischen all den blinkenden Sternen, glaubte er ihm schon viel mehr.

»Wie spät ist es denn?« flüsterte er Johnny zu.

Johnny sah auf seine Armbanduhr. »Zehn Minuten noch.«

Zehn Minuten noch bis Mitternacht? Die hielt er

nicht aus. Und Johnny auch nicht. Der Freund preßte ja schon die Beine zusammen, so dringend mußte er. Lütt ballte beide Hände zu Fäusten, setzte sich auf das alte, schon ein bißchen morsche Scheunendach und versuchte, an irgendwas anderes zu denken. An Finns Führerschein... An Lasses Gockelhaans... An Jens' Auspuffrohr, das Lasse noch am Abend repariert hatte, so daß es daran nicht liegen konnte, wenn der Trick mit der Beschwörung nicht funktionierte...

»Und wie spät ist es jetzt?«

Wieder sah Johnny, der sich lieber nicht hingesetzt hatte, auf seine Uhr. »Noch acht Minuten.«

Noch acht Minuten? Dann waren ja nur zwei Minuten vergangen, seit er Johnny das erste Mal gefragt hatte. Lütt spürte, wie er Bauchschmerzen bekam. Er stand wieder auf und begann, auf dem Scheunendach auf und ab zu marschieren.

»Und jetzt?«

»Noch sieben Minuten.«

Das hielt er nicht aus. So lange konnte er nicht mehr warten. Lütt wollte schon den Reißverschluß am Hosenschlitz aufreißen, da ging in einem der Michelsen-Fenster auf einmal Licht an.

Jetzt durfte er nicht pinkeln. Vielleicht wurden sie ja beobachtet.

Das Licht ging wieder aus – und Johnny sagte, nun sei es genau vier Minuten vor zwölf.

»Also los!« Lütt zog den Reißverschluß herunter.

Johnny folgte seinem Beispiel und stellte sich schräg neben ihn. »Soll ich?« fragte er mit gepreßter Stimme.

»Ja«, sagte Lütt.

»Gut«, antwortete Johnny – aber es kam nichts. Nicht bei Johnny, nicht bei Lütt. Kein einziger Tropfen!

»Mensch, mach doch!« rief Lütt. Wenn es bei Johnny klappte, würde sicher auch bei ihm das Wasser kommen.

Johnny drückte, bis er fast platzte, aber nichts kam. »Das ist, weil ich so lange warten mußte«, entschuldigte er sich.

»Mir geht's genauso.« Lütt hätte am liebsten geheult. Jetzt war es sicher schon eine Minute vor zwölf... Doch da! Bei Johnny war ein Strahl zu sehen. Zuerst nur ganz dünn, dann im immer steileren Bogen pinkelte er vom Scheunendach hinunter. Und nun spürte auch Lütt, wie sich bei ihm alles entkrampfte und endlich das Wasser kam. »Jetzt!« flüsterte er aufgeregt. »Jetzt müssen sie sich treffen.« Er gab sich Mühe, mit seinem Wasserstrahl Johnnys anzuzielen.

Als er es endlich geschafft hatte, und die Strahlen dort, wo sie sich trafen, hell und geheimnisvoll glänzend ins Mondlicht hineinsprühten, flüsterte er schnell seine Beschwörungsformel vor sich hin: »Ich will wachsen! Will genauso groß werden wie Johnny Binckerbanck.«

Aus irgendeinem Grund mußte Johnny da plötzlich kichern. Sein Strahl wackelte, und Lütt hatte Mühe, ihn wieder zu treffen. »Halt doch still!« zischte er. »Dreimal muß ich's sagen.« Als dann ihr Wasser an dem Punkt, an dem es sich traf, erneut aufsprühte, flüsterte er seinen Wunsch noch mal vor sich hin. Gleich darauf ein drittes Mal: »Ich will wachsen! Will genauso groß werden wie Johnny Binckerbanck.«

Im selben Augenblick wurden ihre Wasserbögen wieder schwächer, bis sie schließlich ganz versiegten.

Johnny atmete auf, Lütt atmete auf. Es war geschafft.

»Sind wir nun so was wie Blootsbröder?« fragte Johnny beeindruckt.

»Ja«, antwortete Lütt nur. Obwohl sie ja eigentlich keine richtigen Blutsbrüder waren, weil sie nicht ihr Blut, sondern nur ihr Wasser miteinander vermischt hatten. Aber sicher zählte das auch.

Er hatte den Gedanken noch nicht zu Ende gedacht, da wurde im Michelsen-Haus plötzlich ein Fenster aufgerissen. Und dann hallte Wiebke Michelsens Stimme durch die Nacht: »Lütt Luftballon! Johnny Binckerbanck! Denkt bloß nicht, daß ich euch nicht gesehen habe.« Und – rums – flog das Fenster wieder zu.

Eine Zeitlang standen die beiden Jungen wie vom Donnerschlag getroffen da, dann beeilten sie sich, vom Scheunendach zu kommen. Mit ihrer Schreierei hatte Wiebke ja sicher ihre Eltern geweckt. Und ihren strengen Opa. Es war besser, sie waren weg, bevor die alle angerannt kamen.

Wieder ging Lütt auf der Leiter voran. Doch jetzt war Johnny nicht mehr langsam. Immer wieder trat er Lütt auf den Kopf. Also mußte der die Leiter immer rascher hinabsteigen – bis er vor lauter Hast eine Sprosse verfehlte. Erschrocken schrie er auf, und dann stürzte er ab.

Im Streckverband

Als Lütt am nächsten Morgen erwachte, dachte er zuerst, er hätte alles nur geträumt. Dann sah er das andere Krankenhausbett neben sich. In dem lag ein Junge, den er noch nie zuvor gesehen hatte. Und da wußte er, daß er tatsächlich von der Leiter gefallen war und sich dabei das Bein gebrochen hatte.

Wiebkes Vater war es, der ihn mit seinem Auto nach Husum ins Krankenhaus gefahren und noch mitten in der Nacht die Eltern angerufen hatte. Die wollten erst gar nicht glauben, was sie zu hören bekamen. Das müsse ein Irrtum sein, sagten sie. Ihr Lütt läge in seinem Bett. Erst als sie nachgeschaut hatten und er nicht in seinem Bett lag, glaubten sie Wiebkes Vater. Und kamen ganz erschrocken hierher. Und schimpften ihn trotz seiner Schmerzen aus. Und bemitleideten ihn. Und sagten ihm, daß er nun ein paar Wochen im Krankenhaus bleiben müsse...

Lütt kamen die Tränen. Ein paar Wochen im Krankenhaus! Und vielleicht die ganze Zeit über in diesem Streckverband? Das war ja eine Ewigkeit! Und geholfen hatte die Beschwörung sicher auch nicht. Oder war er etwa schon ein bißchen gewachsen? Vorsichtig hob er den Kopf und sah an sich herunter.

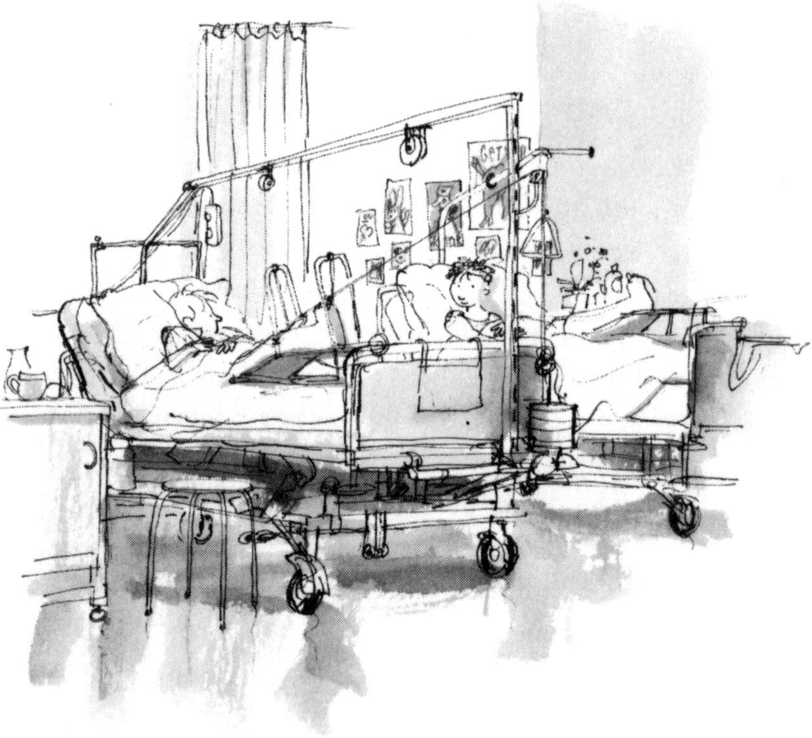

»Ich heiße Andreas«, sagte da auf einmal der Junge im Nachbarbett.

Schnell ließ Lütt sich wieder ins Kissen zurücksinken. »Ich Lütt, äh, Henning.«

»Wobei hast du dir denn das Bein gebrochen?«

»Bin von der Ledder gefallen.« Er konnte einem völlig Fremden doch nicht gleich die ganze verrückte Geschichte auf die Nase binden.

»Von was bist du gefallen?«

»Von der Leiter.«

»Ach so!« Der Junge nickte. Und dann seufzte er schwer und sagte: »Ich bin mit dem Rad gestürzt.«

Lütt drehte ein wenig den Kopf und sah, daß der Junge neben ihm in genauso einem Streckverband steckte wie er. Nur war es bei Andreas das linke Bein und bei ihm das rechte. Leise fragte er, wie so etwas beim Radfahren denn passieren könne. Da erzählte Andreas, daß er aus Hamburg sei und mit seinen Eltern das Wochenende oft an der See verbringe. »Am Sonntag hat mein Vater mit mir eine Wettfahrt gemacht... Ich hatte schon gewonnen, doch dann hab ich ihm noch mal zugewinkt und bin über einen Stein gestürzt.«

Ein Junge, der schneller Rad fuhr als sein Vater? Das war interessant. »Wie alt bist du denn?«

»Elf. Und du?

»Neun. Und wie groß bist du?«

Diese Frage verwunderte Andreas. Er wußte es gar nicht genau. »Einsfünfzig oder so.«

Also ein großer Junge. Lütt verstummte. Doch dann fiel ihm wieder ein, daß er ja noch gar nicht wußte, ob die Beschwörung nicht vielleicht doch geholfen hatte. Er überlegte, wie er das feststellen konnte, und nahm sich vor, Johnny um einen Zollstock zu bitten. Irgendwann würde Johnny ihn ja besuchen kommen. Sicher mit einem ganz schlechten Gewissen. Denn das war klar: Hätte Johnny ihm nicht immerzu auf den Kopf getreten, läge er jetzt nicht im Krankenhaus. Und deshalb mußte Johnny ihm nun den Zollstock mitbringen. Auch wenn der ihn sein ganzes Taschengeld kostete.

Und richtig vermutet: Gleich nach der Morgenvisite kamen die Eltern. Und mit wem im Schlepptau? Natürlich Johnny!

Während der Visite hatte der Arzt Lütt das Röntgenbild gezeigt, das in der Nacht von seinem Bein gemacht worden war. Davon war Lütt noch immer ganz beeindruckt. Er schilderte den Eltern seinen Bruch ganz genau und gab dabei vor Johnny, der mit schuldbewußtem Gesicht im Hintergrund stand, ein bißchen an. Als die Mutter ihn fragte, ob sein Bein denn immer noch so weh tat, nickte er tapfer und guckte dabei wiederum nur Johnny an. Der wurde immer blasser. Es gab nichts Schlimmeres für ihn, als andere seinetwegen leiden zu sehen.

Dann kam die Frage, die Lütt am meisten gefürchtet hatte: Die Eltern wollten wissen, was Johnny und er denn mitten in der Nacht auf Michelsens Scheune verloren hätten.

Wieder sah Lütt den Freund an. Doch Johnny zuckte nur traurig die Achseln. Also hatte er bereits alles gestanden, und da lohnte kein Schwindeln mehr. Bekümmert gab auch Lütt alles zu.

Und obwohl die Eltern längst Bescheid wußten, wollten sie es nicht glauben.

»Was soll das gewesen sein?« fragte der Vater verwundert. »Eine Beschwörung?«

Und die Mutter schimpfte, dann sei ihm ganz recht geschehen. Ein solcher Dösbaddel müsse schließlich bestraft werden. Dann jedoch mußte sie lachen. Und der Vater auch. Die Eltern lachten und lachten, bis ihnen die Tränen kamen.

»Wer hat euch denn bloß diesen Quatsch in den Kopf gesetzt?« Der Vater wischte sich mit dem Taschentuch die Augen.

»Jens Schlüter.« Nun erzählte Lütt auch noch die Geschichte von Jens' Auspuffrohr.

Da mußte der Vater erneut lachen. »Das ist ja 'n starkes Stück! So ein raffiniertes Bürschchen! Meinem Lütten so einen Kokolores zu erzählen.«

Die Mutter guckte eher besorgt. »Aber wozu willst du denn unbedingt wachsen? Bist doch ganz in Ordnung, so wie du bist. Möcht ja gar keinen annern Lütt haben.«

Das war typisch für sie. Als ob er ihr Spielzeug wäre. Wie er sich fühlte, wenn die anderen Kinder ihn Lütt Luftballon, Zwerg, Wasserfloh oder Pinguin riefen, das fragte sie nicht. Lütt machte ein beleidigtes Gesicht – und dann kamen ihm die Tränen. Aber nicht vor Lachen. Vor Zorn auf sich selbst. Die Eltern hatten ja recht: Jens Schlüter hatte ihm nichts als Schiet erzählt... Als ob davon Pickel weggingen, wenn einer mit und einer ohne Pickel bei Vollmond ihr Wasser kreuzten! Und noch schlimmer: Wie hatte er glauben können, er würde so groß wie Johnny werden, nur weil sie gemeinsam von Michelsens Scheunendach pinkelten? Und zu allem Überfluß hatte Wiebke Michelsen sie auch noch dabei beobachtet!

Ein neuer Blick zu Johnny. Hatte Wiebke in der Schule schon davon erzählt? Haben die anderen sehr über sie gelacht?

Johnny hätte gern mit Lütt geredet. Das war ihm deutlich anzusehen. Doch solange Lütts Eltern dabei waren, traute er sich nicht, den Mund aufzumachen.

Zum Glück gingen die Eltern bald zum Arzt, um noch mal alles zu besprechen. Johnny und Lütt blieben allein, und Johnny konnte endlich loslegen.

Wiebke hatte in der Nacht mal zur Toilette müssen. Weil so heller Vollmond war, sah sie kurz zum Fenster hinaus und entdeckte auf dem Scheunendach zwei Spukgestalten. Neugierig machte sie das Licht aus, um sie besser beobachten zu können, und bekam auf diese Weise alles mit. Aber in der Schule hat sie nichts erzählt. Nur, daß Lütt an diesem Morgen nicht kommen würde, hat sie zu Frau Klaasen gesagt, weil er in der Nacht von der Leiter gefallen sei. Aber das wußte sowieso schon der ganze Ort.

Der ganze Ort wußte Bescheid? Was für eine Blamage! Nun war Lütt auf einmal richtig froh, daß er im Krankenhaus lag und noch lange hierbleiben mußte. Unter die Leute hätte er sich jetzt nicht getraut. Bestimmt würden ihn alle gleich fragen, was Johnny und er denn nachts auf Michelsens Scheune zu suchen hätten.

»Und woher weißt du das alles?« wollte er nur noch von Johnny wissen.

»Weil Wiebke es mir in der großen Pause erzählt hat«, gab Johnny kleinlaut zu. »Sie wollte wissen, weshalb wir von ihrem Scheunendach geplätschert haben.« Er sah kurz zu Andreas hin, der die ganze Zeit neugierig zugehört hatte, dann fügte er leise hinzu, er habe Wiebke von Jens Schlüters gutem Rat erzählen müssen. Sonst hätte sie nämlich doch noch alles verraten. So aber habe sie Mitleid mit Lütt, weil sie es gemein fand, wie Jens ihn reingelegt hatte.

Lütt bekam einen knallroten Kopf. Wie sollte er Wiebke denn je wieder ansehen können, jetzt, da sie alles wußte?

Johnny konnte sich denken, weshalb Lütt mit einemmal so rot geworden war. »Sie hat überhaupt nicht gelacht«, tröstete er ihn. »Sie schämt sich, weil sie ja mit daran schuld ist, daß du jetzt im Krankenhaus liegst.«

Das stimmte: Hätte Wiebke nicht so laut geschrien, hätten sie nicht flüchten müssen. Hätten sie nicht flüchten müssen, hätte Johnny ihm nicht auf den Kopf getreten. Und wenn Johnny ihn nicht getreten hätte, wäre er nicht von der Leiter gefallen. Also waren an allem nur Wiebke und Johnny schuld. Und Jens Schlüter natürlich.

Langsam ging es Lütt wieder besser. Und deshalb bat er Johnny nun, ihm beim nächsten Besuch einen Zollstock mitzubringen. Schaden konnte es ja nicht, mal nachzumessen, ob er inzwischen nicht doch ein bißchen gewachsen war. Auch wenn er nicht mehr daran glaubte, Bescheid wissen mußte er.

Judy Johnson Superstar

Am Nachmittag kamen dann Finn und Lasse zu Besuch – und hatten die Großmutter im Schlepptau.

Finn war am Vormittag durch die Führerscheinprüfung gefallen. Darüber dachte er mehr nach als über Lütts gebrochenes Bein. Der schlaue Finn, der immer alles konnte und alles wußte, hatte versagt. Das war schlimm für ihn.

Lasse erzählte Lütt, daß Sünje sehr unruhig sei. Immer wieder würde sie die Treppe hochsteigen und traurig winselnd in Lütts Zimmer herumschnüffeln. Das hatte sie noch nie erlebt, daß ihr bester Freund so lange nicht nach Hause kam.

Die Großmutter schimpfte erst mal mit Lütt. Dann erzählte sie von einem Jungen aus ihrer Kindheit, der beim Kirschenstehlen vom Baum gefallen sei und sich dabei auch das Bein gebrochen hätte. Aber so »kom-pli-ziert«, daß es nie wieder richtig wuchs. Sein Lebtag hätte der Junge gehinkt und sei trotzdem später Börgermeester geworden.

Lütt hörte sich alles an und seufzte nur. Er wollte ja gar kein Bürgermeister werden. Andreas im Bett neben ihm freute sich. Er fand Lütts Besucher alle sehr lustig.

Kaum waren Finn, Lasse und die Großmutter

wieder fort, kam Lütts große Schwester Swantje mit ihrem Mann Björn. Und die kleine Frauke brachten sie auch mit, um ihr zu zeigen, daß ihr Lieblingsonkel »ganz schlimmes Aua« hatte.

Björn war der langweiligste Schwager, den Lütt sich vorstellen konnte. Entweder erzählte er von der Bank, bei der er arbeitete, oder vom Tennis. Von Geld und Tennis wußte Björn alles, von Fußball, Autos oder Hühnern verstand er nichts.

Auch an diesem Tag erzählte Björn wieder von der Bank. Seine Kunden hätten ihm schon von Lütts Unglück berichtet. Aber was wollten, um Himmels willen, zwei Jungen denn mitten in der Nacht auf einem Scheunendach?

Fragte es und guckte neugierig. Fast so, als wäre Lütt ein Kunde, der von ihm Geld wollte und von dem er nicht wußte, ob er ihm trauen dürfe oder nicht.

Lütt hatte diese Frage erwartet. Aber anstatt zu antworten, schnitt er nur Grimassen, um Frauke zum Lachen zu bringen. Und Swantje, die sicher längst Bescheid wußte, verriet ihn nicht. Guckte nur mitleidig und wollte, daß er unbedingt den selbstgemachten Johannisbeersaft probierte, den sie ihm mitgebracht hatte.

»Du hast aber viel Familie«, staunte Andreas, als auch Swantje, Björn und Frauke wieder gegangen waren. Seine Eltern konnten ihn immer nur am

Wochenende besuchen. Schließlich mußten sie arbeiten, und von Hamburg bis Husum brauchten sie zwei Stunden.

Lütt wußte nicht, ob das gut war, soviel Besuch zu bekommen. Er machte sich auch keine Gedanken darüber. Er hätte ja doch nicht verhindern können, daß jeden Tag zwei oder drei von seinen Leuten kamen.

Das alles aber war noch nicht der Höhepunkt. Der Höhepunkt kam an dem Tag, an dem vormittags Lütts Bein in Gips gelegt worden war. Da kam am Nachmittag die ganze Klasse zu Besuch. Alle saßen sie um sein Bett und bestaunten den weißen Klumpen an seinem Bein. Und Hauke Hansen, der später mal Stabhochspringer werden wollte und der beste Sportler der Klasse war, erzählte, wie er sich mal das Bein gebrochen hatte. Er war beim Hochsprung neben der Sandgrube gelandet. Knacks hätte es gemacht, und schon hätte er ebenfalls hier im Krankenhaus gelegen. Nur ein paar Zimmer weiter.

Lütt hätte nie gedacht, daß es schon so viele Beinbrüche gegeben hat. Irgendwie war es aber schön, ein Gipsbein zu besitzen. Weil alle ihn deswegen bewunderten. Das hatte er noch nie zuvor erlebt: Keiner erinnerte ihn an den Luftballon, keiner rief ihn Pinguin oder Wasserfloh, keiner riet ihm, das Fenster zu schließen, weil er sonst vielleicht fortgeweht würde. Nur Detlev Stüven kicherte mal kurz und sagte, das Gipsbein sei ja größer als der ganze Lütt. Doch da wiesen ihn die anderen sofort zurecht: »Du hast wohl wieder zuviel ferngeguckt! Dein Kopf ist ja schon ganz viereckig!«

Detlev Stüven guckte dauernd fern. Alles sah er sich an: Sportberichte, Tierfilme, Spielfilme, manchmal sogar Politik. Aber wie die anderen an diesem Tag mit ihm schimpften, das war neu. Und deshalb wußte Lütt sofort: Wiebke hatte doch geredet. Vielleicht hatte sie nur ihrer besten Freundin Silke Tetens davon erzählt, und die hatte es Jana erzählt, und die vielleicht Dirk, und Dirk Sven, und der auch wieder weiter. Auf jeden Fall wußten es inzwischen alle. Und nur deshalb waren sie so voller Mitleid mit ihm und so streng mit Detlev.

Lütt sah zu Wiebke hin – und sofort wurde sie knallrot. Also hatte er richtig vermutet.

Frau Klaasen, die die Klasse hergebracht hatte, ahnte mal wieder, was in Lütt vorging, und wollte ihn ablenken. »Ach, das hätten wir ja bald vergessen«, rief sie. »Wir haben dir was mitgebracht.« Sie gab der Klasse einen Wink, und im Nu zückten alle ihre Filzstifte und begannen, ihre Namen auf Lütts Gipsbein zu schreiben. In allen möglichen Farben wurde da auf seinem Bein herumgekritzelt: blau, rot, gelb, grün, lila, ocker, schwarz und so weiter. Sven versuchte es sogar mit weiß, aber natürlich war

da kaum etwas zu sehen, und er mußte seinen Namen braun nachmalen.

Als er fertig war, schielten alle zu Andreas hin. Dessen Gipsbein war ja noch ganz weiß. Und natürlich war es Silke, die ihr freundlichstes Lächeln aufsetzte und höflich wie eine Serviererin in der Konditorei fragte: »Dürfen wir?«

Andreas nickte bloß, und sofort stürzten alle zu

ihm hin, und Andreas bekam eine ganze Menge ihm völlig fremder Namen auf seinen Gips gekritzelt.

Ganz zum Schluß schrieb Frau Klaasen ihren Namen auf Lütts und danach auch auf Andreas' Bein. Johnny nutzte die Gelegenheit und schob Lütt heimlich den Zollstock unter die Bettdecke. Nur Wiebke, der das schlechte Gewissen noch immer im Gesicht stand, hatte es bemerkt. Und da holte sie auf einmal etwas Langes, Dünnes, Rundes hinter ihrem Rücken hervor und schob es, ohne irgendwas dazu zu sagen, ebenfalls unter Lütts Bettdecke.

Natürlich hätte Lütt am liebsten gleich nachgeschaut, was das war. Doch das durfte er nicht; Wiebke wollte ja nicht, daß die anderen davon erfuhren. Sonst hätte sie ihm ihr Geschenk nicht heimlich zugeschoben.

Silke, die Klassenbeste, versprach Lütt dann noch, daß sie später mit ihm Schularbeiten machen würde. Damit er das Versäumte schnell nachholte. Und Detlev Stüven wollte ihm mit dem Videorecorder alle Fernsehfilme mit »Mister Ed«, dem sprechenden Pferd, aufnehmen. Keine einzige Folge sollte Lütt versäumen.

Vor lauter Verlegenheit wußte Lütt gar nicht, wo er hingucken sollte. Aber dann ging die Klasse wieder, und er zog sofort Wiebkes Geschenk unter der Bettdecke hervor.

Es war ein Poster von Judy Johnson, seiner Lieblingssängerin. Das war wirklich eine tolle Überraschung.

Erst vor ein paar Wochen hatte Lütt Wiebke verraten, daß er für Judy Johnson schwärmte. Sie gefiel ihm von allen Popstars am besten. Da machte es gar nichts aus, daß sie aus Amerika kam und nur englisch sang. Wenn er ihre Stimme hörte, wurde ihm jedesmal ganz warm im Bauch. Daran mußte Wiebke sich erinnert haben.

»Was ist denn das?« fragte Andreas neugierig.

Lütt zeigte ihm das Poster.

»Oh! Judy Johnson Superstar!« Auch Andreas strahlte. Also gefiel ihm die rothaarige Sängerin mit der tiefen Stimme ebenfalls.

»Kennst du *My Little House*?« fragte Lütt.

Andreas kannte das Lied vom kleinen Haus nicht weit von der Meeresbucht nicht nur, er sang es Lütt gleich vor.

»Und *The Yellow Taxi-Driver*?«

Andreas kannte auch den gelben Taxifahrer. Er kannte fast alle Lieder von Judy Johnson. Und so sang er Lütt eines nach dem anderen vor, bis der glücklich in den Gesang einfiel. Phantastisch, daß er im Krankenhaus ausgerechnet mit einem Judy-Johnson-Fan im Zimmer lag.

Dann fiel ihm der Zollstock ein, den Johnny mitgebracht hatte. Er rollte das Poster zusammen und klappte den Zollstock auf. Doch wie sollte er ihn unter seinen Rücken bekommen? Er konnte ja nicht aufstehen mit seinem Bein im Streckverband.

»Was machst du denn da?« wunderte sich Andreas, als Lütt vor Anstrengung leise stöhnte.

»Ausmessen, wie groß ich bin«, gab Lütt ehrlich zu. Aber dann schwindelte er: »Meine Schwester will mir zum Geburtstag ein Paddelboot schenken. Das muß ganz genau passen.«

Eine blöde Lüge. Doch in der Eile war ihm nichts Besseres eingefallen. Und die Wahrheit wollte er Andreas nicht sagen. So gute Freunde waren sie noch nicht. Außerdem würde Andreas, solange sie im Bett bleiben mußten, vielleicht gar nicht mitbekommen, wie klein er war. Oder hatte er schon was gemerkt? Er hatte ja alle Gespräche mit angehört. Vorsichtig schielte Lütt zu dem Jungen im Nachbarbett hin.

Der aber hielt nun die Augen geschlossen. Vielleicht wollte er ein bißchen schlafen – oder von Judy Johnson träumen.

Lütt schob den Zollstock unter seinem Rücken bis an die Fußsohle seines gesunden Beines vor, dann machte er sich im Bett so groß, wie es nur ging, legte den Kopf auf den Zollstock und hielt den Zollstock über der Mitte seines Kopfes fest. Gleich darauf zog er seinen Kopf vorsichtig weg und guckte nach, was der Zollstock anzeigte.

Ein Meter und zwölf. Also war er seit gestern nacht keinen einzigen Millimeter gewachsen... Er hatte sich das längst gedacht. Aber enttäuscht war er doch.

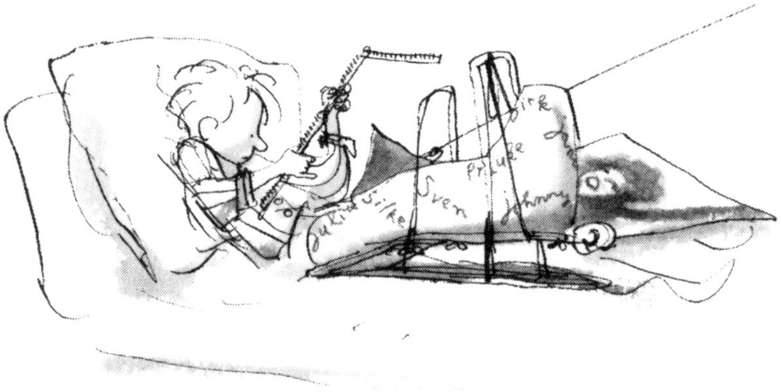

Neue Freunde

Endlich wurde Lütt aus dem Krankenhaus entlassen. Vor dem Haus kam ihm gleich Sünje entgegengestürmt. Mit einem Satz war der große Hund über den Gartenzaun gesprungen. Und dann wollte Sünje vor lauter Freude an Lütt hochspringen und ihm das Gesicht ablecken. Doch natürlich durfte sie das nicht. Lütt hatte ja immer noch sein Gipsbein. Und er mußte sich auf Krücken stützen. Wie leicht hätte er unter Sünjes Gewicht stürzen und sich das Bein gleich noch mal brechen können.

»Sitz!« befahl der Vater Sünje. »Sitz!«

Sünje fiel es schwer zu gehorchen. Erst beim dritten scharfen »Sitz!« setzte sie sich auf ihre Hinterpfoten und hechelte nur noch aufgeregt.

Lütt lehnte seine Krücken an den Zaun, nahm ihren riesigen Kopf in seine Hände und kraulte sie lange hinter den Ohren. »Ist ja gut«, flüsterte er ihr dabei glücklich zu. »Bin ja wieder da.« Es war schön, daß Sünje sich so über seine Heimkehr freute.

Sie schnüffelte noch ein Weilchen an seinem Gipsbein herum, dann beruhigte sie sich langsam, und Lütt konnte weitergehen.

Die Großmutter hatte zur Begrüßung Grießbrei gekocht. Dazu gab es Kirschkompott. Das war

Lütts Lieblingsgericht. Er langte zu, bis er fast platzte.

Die Mutter hatte für Lütt einen neuen, bunten Trainingsanzug gekauft. Die Hose hatte unten Reißverschlüsse. Mit dem Klumpen am Bein wäre er sonst nicht hineingekommen. Aber der Anzug gefiel ihm auch sonst sehr gut, obwohl er, wie immer, wenn die Mutter was für ihn kaufte, ein bißchen zu groß war.

Der Vater hatte Lütt einen eigenen Radiorecorder ins Zimmer gestellt und Lasse ihm dazu ein Kassettenregal gezimmert. Und was stand schon drin in dem Regal? Die allerneueste Judy-Johnson-Kassette!

Swantje hatte für alle eine riesige Erdbeertorte gebacken und Frauke Lütt ihr erstes selbstgemaltes Bild geschenkt. Von Finn, der noch in der Schule war, lag nur ein Zettel auf dem Küchentisch:

Holt die Kinder von der Straße rein,
Finn Lütjen hat den Führerschein!

Also hatte der Bruder es endlich geschafft.

Lütt freute sich über all diese Geschenke so sehr, daß er am liebsten geheult hätte. Ein gebrochenes Bein konnte auch sein Gutes haben.

Nach dem Mittagessen schob er gleich die Kassette von Judy Johnson in den Recorder und befestigte ihr Poster über seinem Bett. Natürlich schön schräg. Als es hing, legte er sich quer übers Bett, guckte das Poster an und lauschte der Musik. So lag er da, bis Johnny kam. Sein Vater hatte den Zollstock gesucht. Er brauchte ihn ganz schnell zurück.

Lütt gab Johnny den Zollstock und wartete darauf, daß der Freund ihn fragte, ob ihre Beschwörung auf dem Scheunendach denn wenigstens ein bißchen gewirkt hätte. Im Krankenhaus konnte Johnny ihn das ja nicht fragen, da waren sie fast nie miteinander allein gewesen.

Doch Johnny fragte nicht. Vielleicht hatte er sowieso nicht richtig daran geglaubt, vielleicht hatte er längst bemerkt, daß all ihre Mühe vergebens gewesen war. Er sah nur immer das Poster an. Judy Johnson trug darauf ihr berühmtes langes schwarzes Kleid, das so gut zu ihrem roten Haar paßte.

»In sechs Wochen kommt sie«, sagte Johnny da auf einmal andächtig.

»Wer?« fragte Lütt.

»Na, Judy Johnson.«

»Wohin?«

»Na, nach Lütjenholm. Sie tritt in der Turnhalle auf. Mein Vater hat schon das Plakat aufgehängt. Wir machen in der Pause die Bewirtung.«

Judy Johnson aus Amerika kam nach Lütjenholm in die Turnhalle? Ungläubig starrte Lütt seinen Freund an. Doch warum eigentlich nicht? In

der Turnhalle traten öfter mal Künstler auf. Einmal waren bayrische Jodler in Lederhosen gekommen, ein andermal *Frankie der Rocker*, später die Gruppe *Küstenwind* und erst vor kurzem der Sänger Helmo Knospe, den die Großmutter so verehrte. Die Feuerwehr baute eine Bühne auf und stellte Sitzbänke in die Halle, und Johnnys Vater verkaufte in der Pause Unmengen von Bier und Cola, Wein und Sekt.

»Da geh ich hin«, sagte Lütt atemlos vor Freude.

Johnny verzog den Mund. »Hast du dörtig Mark? Soviel kost die Koort.«

Dreißig Mark für eine Karte? Nein, soviel Geld hatte Lütt nicht. Und die Eltern würden es ihm auch nicht geben. Schon gar nicht jetzt, da er doch gerade erst den Radiorecorder bekommen hatte. Sofort war seine gute Laune wieder verflogen: Judy Johnson kam nach Lütjenholm, und er würde sie nicht sehen. Das war zu schlimm.

Wenig später klingelten noch ein paar Kinder aus der Klasse an der Gartentür, um Lütt willkommen zu heißen: Hauke Hansen, Silke Tetens, Detlev Stüven und natürlich Wiebke Michelsen. Detlev brachte Lütt alle »Mister-Ed«-Aufzeichnungen mit und Silke ihre Hefte. Damit Lütt, wenn er Langeweile hatte, schon mal reingucken konnte.

Verlegen nahm Lütt alles entgegen. Dann gab es nur noch ein einziges Thema für die Jungen und Mädchen: Judy Johnson kam nach Lütjenholm! Nicht nur Johnnys Vater hatte ein Plakat aufgehängt, auch an der Tür zur Sparkasse und an der Post klebte eins. Wiebke und Silke hatten sie gesehen. Dreißig Mark aber würde keiner von ihnen für das Konzert bekommen.

Und so saßen sie bald eher traurig als lustig in Lütts Zimmer und guckten das große Poster von Judy Johnson an, bis Hauke plötzlich sagte: »Ich weiß, wie wir ohne zu bezahlen in die Turnhalle kommen.«

»Und wie?« fragten alle gleichzeitig.

Da erzählte Hauke ihnen, daß die Toilette zur Turnhalle nur von außen zu betreten sei. Zwischen der Toilette und dem Hallenraum aber gäbe es ein kleines Fenster. »Wenn wir eine Menschenleiter bilden, können wir da durchkriechen.«

Eine tolle Idee. Schließlich kannte Hauke die Turnhalle so gut wie kein anderer. Wenn er sagte, daß da ein Fenster war, stimmte es. Und in sechs Wochen war ja auch Lütts Gips runter. Also konnte er mit ihnen durch das Fenster klettern.

»Und Jens?« fragte Johnny da leise. »Sollen wir uns das so einfach gefallen lassen?«

Er dachte an den Trick, mit dem Jens Lütt reingelegt hatte, nur damit Lasse ihm sein Mofa reparierte.

Still senkte Lütt den Kopf. Warum mußte Johnny denn ausgerechnet damit anfangen? Bis jetzt hatte sich noch keiner aus der Klasse verraten. Alle hatten sie getan, als wüßten sie nichts von der Beschwörung auf dem Scheunendach. Nun ging das nicht mehr. Jetzt mußten sie zugeben, daß sie alles wußten.

Und das taten sie. Alle schimpften sie durcheinander. Und besonders Silke und Wiebke fanden das sehr gemein, wie Jens Lütt »belögen und betrö-

gen« hatte. Sie fühlten sich richtig mit hereingelegt.

Lütt wurde immer verlegener. So dicke Freunde waren sie doch zuvor nie gewesen. Schämten die anderen sich vielleicht, weil sie früher so oft über ihn gespottet hatten? Und taten sie das nur, weil Jens ihn hereingelegt und er sich dabei auch noch das Bein gebrochen hatte? Er sah Hauke, Silke, Wiebke, Detlev und Johnny der Reihe nach an – und dann begriff er langsam: Sie fühlten mit ihm, weil er, genau wie sie, erst neun war und Jens schon sechzehn. Es ärgerte sie, daß ein fast doppelt so alter einen von ihnen für dumm verkauft hatte.

»Du mußt dich rächen«, schlug Detlev da auch schon vor. »Im Fernsehen ist das auch immer so. Hackst du mir eine Hand ab, hack ich dir auch eine ab.«

»Iii!« machte Wiebke, und Silke sagte streng, sie dürften Jens nichts tun. Nur einen Streich dürften sie ihm spielen. Allerdings einen, der sich gewaschen hatte.

»Wat för'n Striek denn?« Für Streiche war Johnny immer schon zu haben.

Eine Idee hatte Silke aber noch nicht und Hauke, Detlev und Wiebke auch nicht. Deshalb sagte Silke nun, daß ganz allein Lütt zu bestimmen hätte, was mit Jens geschehen solle. Er müsse sich das überlegen, und sie würden ihm dabei helfen.

Lütt begann zu schwitzen. Er sollte sich den Streich ausdenken? Hieß das, die anderen nahmen ihn endlich ernst? Oder sagten sie das nur, weil sie noch immer Mitleid mit ihm hatten und ihnen selbst kein guter Streich einfiel?

Und waren Silke und Wiebke, Hauke und Detlev denn jetzt wirklich seine Freunde? So wie auch Johnny sein Freund war? Oder hielten sie nur zu ihm, weil es gegen einen Älteren ging?

Eine Menge Fragen, die ihm da auf der Seele brannten.

Doch er stellte sie nicht. Jedenfalls nicht an diesem Tag. Er hatte Angst vor den Antworten.

Von innen ein Riese

Und wieder kamen viele Besucher zu Lütt. Kaum einer aus dem Ort, der nicht mal kurz bei den Lütjens reingeschaut hätte. Alle wollten sie wissen, wie das denn passiert war mit dem Bein. Obwohl sie es natürlich längst wußten. Sie schmunzelten über Lütt und lachten über den schlauen Jens, der seit neuestem um das Lütjen-Haus einen großen Bogen machte, wenn er mit seinem Mofa unterwegs war.

Über einen Besuch aber freute sich Lütt besonders. Das war, als eines Sonntags Andreas zu ihm kam, sein Krankenhausfreund.

Andreas' Eltern machten mal wieder ihre Wochenendtour. Und weil auch Andreas noch sein Gipsbein mit sich herumschleppte, fuhren sie lieber mit dem Auto spazieren anstatt mit dem Fahrrad und hielten bei Lütt an.

In den Krankenhauswochen hatten sich die beiden Jungen sehr aneinander gewöhnt. Zuletzt war es fast schon gewesen, als wären sie Brüder. Jetzt lagen sie auf Lütts Bett, hörten die Judy-Johnson-Kassette und erzählten sich, was sie alles erlebt hatten, seit sie aus dem Krankenhaus entlassen worden waren. Als ihnen das zu langweilig wurde, fuhren sie mit Andreas' Eltern zur Hamburger Hallig. Dort saßen sie am Strand, blickten aufs

Meer hinaus und den wenigen weißen Wolken nach, die ruhig durchs Blau segelten, und unterhielten sich weiter.

Worüber?

Über alles mögliche. Über die Höhe des Himmels, die tiefste Stelle im Meer und das Ende der Welt. Lütt fragte, und Andreas antwortete. Aber er antwortete nicht wie Johnny, dem auf Lütts Fragen immer eine ganze Menge Verrücktes einfiel. Andreas sagte nur, was er wirklich wußte. Und das war eine ganze Menge. Weil er nämlich gern las. Sogar wie die ersten Menschen lebten, hatte er aus seinen Büchern erfahren. Und wie Columbus Amerika entdeckte und weshalb es Ebbe und Flut gab.

»Und wo die Welt zu Ende ist?« wollte Lütt wissen. »Steht das auch in deinen Büchern?«

»Nein«, gab Andreas zu. »Das weiß noch keiner so ganz genau. Wahrscheinlich, weil die Welt nirgendwo zu Ende ist.«

Das konnte Lütt sich nicht vorstellen. Irgendwo, nach vielen, vielen Milliarden Kilometern, mußte die Welt doch mal zu Ende sein. Aber was kam dann? Eine neue Welt? Und war die wieder viele Milliarden Kilometer lang? Und danach? Noch eine Welt? Oder nur ein einziges großes Nichts? Aber wie sollte das aussehen, dieses einzige riesige Nichts?

Auch diese Fragen konnte Andreas ihm nicht beantworten. Da erzählte Lütt, wie Johnny das Ende der Welt mal an die Tafel gezeichnet hatte: einfach eine große Bretterwand mit einem angepinnten Zettel dran. Und was stand drauf auf dem Zettel? *Ende* – genau wie im Kino.

Johnny hatte natürlich nur Spaß gemacht, aber seither mußte Lütt immer wieder darüber nachdenken, wie es denn wirklich aussah, das Ende der Welt.

Andreas fand es ebenfalls sehr schade, daß die Menschen das wohl nie erfahren würden. Denn da war er sich ganz sicher, so weit die Raumschiffe auch fliegen würden, es würde immer noch ein Stückchen weitergehen. Aber jetzt sollten sie lieber damit aufhören, sonst würden sie noch verrückt vor lauter Nachdenken. Manchen Wissenschaftlern sei das nämlich schon passiert.

Eine Weile schwiegen sie, dann wollte Andreas noch mal ganz genau wissen, wie das mit Lütts Bein passiert war. Er hatte im Krankenhaus so einiges mitbekommen und später ja auch gesehen, wie klein Lütt war. Und natürlich hatte er ihm die Geschichte mit dem Ausmessen fürs Paddelboot nie geglaubt.

Also erzählte Lütt dem Freund alles. Von Lütt Luftballon, vom Zwerg, Pinguin, Wasserfloh, vom Wind, der ihn fortblasen konnte, dem Huhn, das ihn aufpicken würde. All seine Sorgen schilderte er ihm. Und er verschwieg auch Jens' Tip nicht, den Beschwörungsversuch, Wiebkes Schrei, Johnnys Füße auf seinem Kopf und den Absturz von der Leiter.

Andreas hatte sich schon so was gedacht. Deshalb verriet er Lütt, daß es ihm früher ähnlich ergangen sei. Weil er gestottert habe. Alle hätten deswegen über ihn gelacht. Er aber habe an sich gearbeitet. Und deshalb stottere er nun nicht mehr.

Darauf konnte Lütt nur antworten, daß auch er an sich gearbeitet habe. Daß es aber nichts geholfen habe. Es sei eben ein Unterschied, ob einer stotterte oder einfach nur zu klein war.

»Ich hab mit dem Stottern erst aufgehört, als ich mich dafür nicht mehr geschämt habe«, sagte Andreas da ganz leise.

Sollte das heißen, er würde wachsen, wenn er sich nicht mehr schämte, so klein zu sein?

Nein, das meinte Andreas nicht. Er glaubte, es sei etwas Besonderes, so klein zu sein, wie Lütt es nun mal war. Etwas, auf das Lütt eigentlich stolz sein müßte. Oder gab es etwa noch einen Jungen in Lütjenholm, der so klein war wie er?

Entgeistert starrte Lütt den Freund an. Er sollte stolz darauf sein, daß er ein Pinguin war? Oder ein Wasserfloh? Meinte Andreas das etwa ernst?

»Ja«, sagte Andreas nur.

Da wußte Lütt nicht mehr, was er sagen sollte. Andreas hatte ihm bisher so gut gefallen, weil er klug war und ihn ernst nahm. Was er jetzt gesagt hatte, war nicht klug.

»Mein Vater sagt immer, jeder, der aus dem Rahmen fällt, ist was Besonderes. Leute, die einander gleichen wie ein Ei dem anderen, gibt es genug.«

Also von seinem Vater hatte Andreas diese Weisheit! Und ein »Lütt Luftballon« wie er war kein Ei wie alle anderen, weil er kleiner war als all die anderen Eier? Das war ja noch verrückter als die Sache mit der Beschwörung. Darüber konnte Lütt nur den Kopf schütteln.

Doch Andreas ließ nicht locker. »Und weißt du, was mein Vater noch gesagt hat? Auf die äußere Größe kommt es nicht an. Es kommt darauf an, wie groß einer von innen ist.«

Das war Lütt zu schwer, das mußte Andreas ihm erst mal erklären. Und da sagte Andreas, manch einer sei zwei Meter lang, aber ganz tief in seinem Inneren doch sehr »klein«, also ängstlich, geizig, dumm. Ein anderer sei zwar von Figur eher klein, aber dafür sehr mutig, großzügig oder klug. Napoleon zum Beispiel, der Kaiser der Franzosen, sei auch als Erwachsener nur einsfünfzig groß gewesen, und doch gelte er noch heute als *großer* Kaiser. Oder Charlie Chaplin. Der sei auch kein Riese und doch der größte Schauspieler aller Zeiten gewesen.

Das war ja eine tolle Sache. Darüber mußte Lütt nachdenken. Und weil das nicht so schnell ging, erzählte er Andreas, daß Hauke, Wiebke, Detlev, Silke und Johnny wollten, daß er sich an Jens rächte. Ob das richtig sei? Er selbst wollte sich nämlich gar nicht rächen. Wäre er nicht von der Leiter gefallen, hätte er ja ihn, Andreas, gar nicht kennengelernt. Außerdem würden die anderen dann sicher immer noch über ihn spotten. Weshalb sollte er sich da an Jens rächen?

»Siehst du!« Andreas freute sich. »Von innen bist du ein Riese.« Aber dann sagte er, zu großzügig dürfe man auch nicht sein, sonst machten die anderen mit einem, was sie wollten. Und natürlich habe einer, der einen anderen so reingelegt hatte, einen Denkzettel verdient.

Lütt gefiel es, daß Andreas ihn »Riese von innen«

genannt hatte. »Und was sollen wir mit Jens tun?« fragte er nur noch.

»Was hat er denn am liebsten?«

»Sein Mofa.«

»Und was ist ihm das Zweitliebste?«

»Fußball spielen.«

»Das Drittliebste?«

»Mädchen.« Lütt mußte kichern.

Andreas überlegte kurz, dann sagte er: »Ihr dürft ihm nichts kaputtmachen, und ihr dürft ihm nichts wegnehmen. Weil er sich aber über etwas lustig gemacht hat, das dir sehr wichtig ist, müßt ihr ihm einen Streich spielen, der was mit dem zu tun hat, was *ihm* sehr wichtig ist.«

Er wollte noch weiterreden, doch da waren seine Eltern schon aufgestanden. Lütts Großmutter hatte sie zu Kaffee und Kuchen eingeladen. Wenn sie nicht zu spät kommen wollten, mußten sie jetzt los.

Der Mofabaum

Es gab Zeugnisse, und auch Lütt bekam seins. Zwar schleppte er immer noch sein Gipsbein mit sich herum, aber zur Schule durfte er wieder. Und natürlich wurde er versetzt. Dazu hätte es auch ohne Silkes Nachhilfestunden gereicht.

Es gab überhaupt keine Sitzenbleiber in der Klasse. Darüber freute sich am meisten Frau Klaasen. Und die Klasse freute sich darüber, daß Frau Klaasen auch im nächsten Jahr ihre Klassenlehrerin sein würde.

Nach der Zeugnisvergabe wurde noch ein bißchen vorgelesen, dann klingelte es zum letztenmal in diesem Schuljahr, und alles stürmte auf den Schulhof hinaus. Nur Lütt mußte langsam gehen. Wenn er auch seine Krücken nicht mehr brauchte, der Klumpen an seinem Bein war dadurch nicht leichter geworden.

Im Schulbus wurde dann weiter am Racheplan geschmiedet. Jens Schlüter sollte staunen. Lütt, Johnny und Silke hatten sich den Plan gemeinsam ausgedacht, und Hauke, Detlev und Wiebke waren ganz begeistert davon. Es mußten nur alle sechs mitmachen, und der tolle Jens würde den kommenden Sonntagnachmittag nie im Leben vergessen.

Noch am selben Tag gingen die Vorbereitungen

los. Gleich nach dem Mittagessen trafen sich alle bei Lütt – und Silke schrieb Jens einen Liebesbrief. Doch natürlich schrieb sie den nicht als Silke, sondern tat, als käme der Brief von ihrer großen Schwester Kathrin. Mit der hübschen Kathrin wollte Jens sich immer schon mal treffen. Das wußten alle im Ort. Kathrin aber hatte Jens noch nie beachtet. Jetzt schrieb Silke:

Hallo, Jens! Wenn Du Sonntag nach dem Fußballspiel Zeit hast, möchte ich Dich gern was fragen. Komm doch mit Deinem Mofa zum Galgenberg. Ich warte dort auf Dich.

Viele Grüße – Deine Kathrin.

Den Galgenberg nannten viele Jugendliche nur den Liebesberg, weil zu dem kleinen Hügel auch ein Wäldchen gehörte, in dem sich öfter Pärchen trafen. Bestimmt war Jens auch schon dort gewesen. Und Silke konnte Kathrins Schrift gut nachmachen. Weshalb also sollte Jens am Sonntag nicht kommen?

Silke schob den Brief in einen Umschlag, klebte ihn zu und schrieb in Kathrins Schrift Jens' Namen drauf. Dann trugen sie den Brief zum Schlüter-Haus. Detlev schlich sich am Zaun entlang und warf ihn in den Briefkasten. Als das erledigt war, freuten sie sich alle sechs, als hätten sie in der Lotterie gewonnen. Das würde eine tolle Sache werden, wenn Jens auf Silkes Brief reinfiel!

Am Samstag abend sahen Lütt und Johnny Jens am »Kirchspielkrug« vorbeifahren. Er guckte nicht zu ihnen hin, aber er machte ein sehr glückliches Gesicht. Kein Wunder, wenn er Silkes Brief inzwischen gelesen hatte.

Sonntag vormittag trafen sich die Kinder dann wieder bei Lütt. Johnny hatte schon die beiden Seile mitgebracht, die sie benötigten. Sicher war sicher. Vielleicht brauchte sie sein Vater gerade heute.

Und nun schrieb Silke den zweiten Brief an Jens. Den brachten sie ihm aber nicht. Er sollte ihn finden, wenn er Kathrin suchte.

Als sie damit fertig war, beschrieb Lütt einen Zettel. Der war auch für Jens.

Es wurde Mittag gegessen. Gleich danach zog es Lütts großen Bruder Lasse in seinen Hühnerstall. Finn hingegen wollte zum Fußballplatz, zugucken, wie die B-Jugend spielte. Er war schon lange A-Jugend und würde bald in der 1. Männermannschaft spielen, guckte aber immer noch gern bei den Jüngeren zu.

Die Großmutter wollte zum Friedhof, den Großvater besuchen, die Eltern würden wie immer ihr Mittagsschläfchen halten. Es war ja Sonntag. Was Lütt machte, fragte keiner. Mit seinem Gipsbein konnte er ohnehin nicht viel unternehmen. Dachten sie.

Lütt ging in sein Zimmer, holte Johnnys Seile, Silkes Brief und seinen Zettel und humpelte zur Bushaltestelle. Dort trafen sie sich alle. Hauke hatte Hammer, Zange und jede Menge große Nägel mitgebracht und sah ganz unternehmungslustig aus. Auch die anderen konnten kaum noch erwarten, daß es losging. Sie waren neugierig, ob ihr Plan klappen würde, und kicherten immer wieder aufgeregt aus lauter Vorfreude.

Im Gänsemarsch zogen sie dann zum Galgenberg. Immer dicht neben der Landstraße her. Vorneweg Hauke mit seinem Werkzeug, dann Johnny,

der seine Seile über der Schulter trug, Silke, Detlev, Wiebke und Lütt.

Daß Lütt als letzter lief, war klar. Mit seinem Gipsbein konnte er nicht so schnell. Trotzdem fand er das wieder mal typisch: Der Kleinste lief als letzter. Aber er dachte an Andreas und versuchte, groß von innen zu sein.

Am Galgenberg angekommen, versteckten sie Seile und Werkzeug in einem Gebüsch und wanderten zur alten Eiche. Dort, mitten im Wäldchen, stand die Bank, an der sich die Pärchen immer trafen. Feierlich legte Silke Kathrins zweiten Brief auf die Bank und obendrauf einen Stein, damit das Papier nicht wegfliegen konnte.

Sie guckten noch mal von allen Seiten, ob der Brief auch nicht zu übersehen war, dann liefen sie zur Straße zurück und versteckten sich hinter dem Gebüsch mit den Seilen und dem Werkzeug. Jetzt hieß es warten, bis das Fußballspiel zu Ende war und Jens sich umgezogen hatte.

Es dauerte lange, und Hauke überlegte schon, ob Jens vielleicht mißtrauisch geworden war. Weil Silke ja extra geschrieben hatte, daß er mit seinem Mofa kommen solle. Vielleicht hatte ihn das stutzig gemacht. Oder er hatte unterwegs Kathrin getroffen und wußte längst, daß der Brief nicht von ihr war.

Aber dann kam Jens doch noch die Straße entlanggefahren. Nicht weit von ihnen hielt er an und spähte ins Wäldchen hinein. Danach pfiff er leise.

Als nichts passierte, pfiff er noch einmal. Diesmal ein bißchen lauter. Aber natürlich meldeten sich weder Kathrin noch Silke. Also stellte Jens sein Mofa ab, schob es ein Stück ins Wäldchen hinein und lehnte es an einen Baum. Sorgfältig schloß er das Hinterrad am Rahmen an und blickte sich beim Weitergehen nach allen Seiten um.

Vor Freude gluckste Johnny laut in sich hinein. Zwar hatten sie eingeplant, daß Jens nicht mit dem Mofa durch den Wald fahren würde, aber er hätte es ja auch an einem Bäumchen anschließen können. Dann hätte ihr Plan nur zur Hälfte funktioniert.

So stand das Mofa direkt unter einem dicken, hohen Baum mit vielen Ästen und dichtem Blattwerk. Das war fast, als hätte Jens ihnen einen Gefallen tun wollen.

Sie warteten, bis er nicht mehr zu sehen war, dann stürzten alle gleichzeitig vor. Und Hauke begann sofort, den Baum zu erklimmen, unter dem Jens' Mofa stand. Hammer und Nägel nahm er mit. Als er rittlings auf einem mächtigen Ast saß, warfen Detlev und Wiebke ihm die beiden Seile zu, die er so über den Ast legte, daß die herabhängenden Seiten genau gleich lang waren. Kaum war er damit fertig, knüpften Wiebke und Johnny schon das eine Ende von dem einen Seil am Vorderrad und Silke und Detlev das gleiche Ende vom anderen Seil am Hinterrad fest. Lütt stand dabei und sah auf die Uhr. Seine Aufgabe war es, die Zeit zu kontrollieren. Ungefähr zehn Minuten brauchte Jens bis zur alten Eiche und für den Rückweg noch mal so lange. Also hatten sie nur zwanzig Minuten Zeit.

Endlich war das Mofa an den beiden Seilen festgebunden. Wiebke und Johnny stellten sich an das freie Ende des einen Seils, Silke und Detlev an das des anderen. Hauke auf seinem Ast gab das Kommando: »Eins, zwei – los!« Und dann zogen sie alle vier zur selben Zeit an den Seilen.

Das Mofa setzte sich nur langsam in Bewegung. Und als die vier anhielten, um nachzufassen, schwebte es gerade mal eine Daumenbreite über dem Waldboden.

Hauke kommandierte erneut: »Eins, zwei – los!«

Wieder zogen sie alle zur selben Zeit – und nun hing das Mofa schon ein Stück höher in der Luft.

»Nicht loslassen!« mahnte Hauke und zählte wiederum: »Eins, zwei – los!«

Lütt schwitzte. Es war Johnnys Idee gewesen, das Mofa hinter dem dichten Blattwerk verschwinden zu lassen. Er, Lütt, hätte es nur in ein Gebüsch geschoben. Doch das fanden Johnny und die anderen zu langweilig. Jetzt jedoch waren schon zwölf Minuten um. Was, wenn sie es nicht schafften, bevor Jens zurückkam?

Wieder gab Hauke das Kommando: »Eins, zwei – los!«

Danach hing Jens' Mofa schon wie ein kleiner Hubschrauber in der Luft.

Ein neues Kommando – noch ein Stück! Und noch eins, noch eins, noch eins. Und natürlich durften Johnny und Wiebke, Detlev und Silke das Seil nicht loslassen, sonst wäre all ihre Mühe vergebens gewesen und Jens' Mofa würde herabstürzen. Und vielleicht könnte es dann nicht mal mehr von Lasse repariert werden.

Johnny keuchte und sagte, sie hätten den Ast

vorher mit Fett einschmieren sollen. Dann würden die Seile viel besser rutschen.

»Ja.« Wiebke mußte lachen. »Und Hauke könnte dann da oben Schlittschuh laufen.«

Da mußten auch die anderen lachen und hätten tatsächlich beinahe losgelassen. Doch schließlich ging es weiter, bis das Mofa kaum noch zu sehen war hinter den Blättern. »Nicht loslassen«, schrie Hauke noch einmal, und dann hörten sie, wie er die beiden Seile auf dem Ast festnagelte. Er hatte extra lange Nägel mitgenommen, die hielten was aus. Und Johnnys Seile waren auch dick genug.

Irgendwann nach viel Gehämmer und als schon über achtzehn Minuten vergangen waren und Lütt befürchtete, Jens könnte jeden Augenblick hinter ihnen auftauchen, sagte Hauke endlich: »Loslassen!«

Alle vier ließen das Seil los – und das Mofa fiel nicht herunter, sondern hing im Baum, als wäre es wie eine Frucht darauf festgewachsen.

Wiebke und Silke klatschten vor Freude in die Hände, und Johnny grinste stolz. Hatte er da nicht eine tolle Idee gehabt?

Lütt guckte nur besorgt auf seine Uhr. »Noch eine halbe Minute«, rief er Hauke zu.

Hauke behielt die Ruhe. Sorgfältig hämmerte er auch noch die freien Seilenden, an denen sie das Mofa hochgezogen hatten, auf dem Ast fest. Wenn sie herunterhingen, würde Jens sein Mofa ja gleich entdecken. Erst danach kam er mit schweißglänzendem Gesicht am Baumstamm heruntergerutscht und wollte von Lütt wissen, wie viele Minuten sie insgesamt dafür benötigt hatten.

»Genau einundzwanzig und eine halbe«, antwortete Lütt erleichtert.

Das hieß, Jens mußte jeden Augenblick wieder auftauchen. Vielleicht hatte er ja auch die Hammerschläge gehört und war neugierig geworden. Deshalb mußten sie sich nun so schnell wie möglich ein Versteck suchen. Allerdings ein viel besseres als zuvor. Jens würde ja sicher den halben Wald nach seinem Mofa absuchen.

Detlev wußte Rat. »Wir müssen ihn an uns vorbeilassen und dann immer hinter ihm herschleichen. In seinem Rücken hat der weiße Mann keine Augen.«

Er kannte den Trick aus einem Indianerfilm. Aber es war eine gute Idee. Rasch liefen sie Jens ein Stück entgegen, dann verkrochen sie sich hinter dichten Büschen.

Und da kam Jens auch schon. Er ging sehr schnell, die abgebrochenen Äste auf dem Waldboden knackten nur so unter seinen Füßen. Wahrscheinlich, weil er so wütend war.

Wiebke, die dicht neben Lütt kauerte, prustete vor Schadenfreude laut los. Er mußte sie anstoßen, damit ihr Lachen sie nicht verriet. Aber lustig fand er das auch, wie blindlings der eitle Jens in ihre Falle getappt war.

Liebster Jens! hatte Silke als Kathrin im zweiten Brief geschrieben. *Es tut mir sehr leid, daß Du umsonst gekommen bist. Ich habe es mir aber anders überlegt. Treffen wir uns lieber um Mitternacht bei Michelsen auf der Scheune. Da sind wir näher am Mond. Vielleicht wächst dort Dein Verstand noch ein bißchen. Deine schrecklich in Dich verliebte Kathrin.*

Wenn Jens den Brief gelesen hatte – und er mußte ihn ja gefunden haben, sonst würde er sicher noch warten –, wußte er längst, wem er diesen Streich zu verdanken hatte. Daß aber das Schlimmste erst noch kam, das wußte er nicht.

Da! Jetzt waren die Schritte schon ganz nah. Und nun ging Jens dicht an ihnen vorüber... Lütt hätte gern sein Gesicht gesehen. Wenn er sich aber aufrichtete, würde Jens ihn womöglich entdecken. Und dann wäre der ganze Spaß verdorben.

»Los! Ihm nach!« flüsterte Hauke, als Jens endlich weit genug weg war.

Und sofort schlichen alle hinter dem großen Jungen her. Bis Jens auf einmal stehenblieb und sich verwundert umblickte. Er hatte bemerkt, daß sein Mofa weg war. Doch natürlich dachte er erst mal, er wäre falsch gegangen.

Er ging ein paar Meter nach rechts. Dann blieb er wieder stehen und guckte sich um.

»Paßt auf!« Johnny kicherte. »Gleich geht er nach links.«

Tatsächlich, Jens zögerte einen Augenblick, dann ging er nach links. Dabei sah er sich immer wieder suchend um. Doch den Baum, unter dem er sein Mofa abgestellt hatte, würde er auf diese Weise nicht finden. Den konnte nur finden, wer nach oben blickte. Jens aber blickte unentwegt nach unten. Er suchte an den Baumstämmen anstatt im Geäst. Und auf die Idee, daß er verfolgt und beobachtet wurde, kam er auch nicht.

Oder doch? Wieder war er stehengeblieben. Und jetzt blickte er ganz mißtrauisch in ihre Richtung. »Lasse?« rief er. »Finn?«

Also glaubte er, Lütts große Brüder steckten hinter der Sache. Dem lütten Lütt traute er so was wohl nicht zu.

Die Kinder mußten sich die Hände auf den Mund pressen, um nicht laut loszulachen. Genau in diesem Moment entdeckte Jens sein Mofa. Rasch lief er auf den Mofabaum zu. Als er ihn erreicht hatte, sah er hilflos nach oben. Wie sollte er sein Mofa da herunterbekommen, wo er doch ganz allein war?

»He!« rief er wieder. »Helft mir wenigstens.« Dann lauschte er. Als keine Antwort kam, schüttelte er ärgerlich den Kopf und begann, den Baum

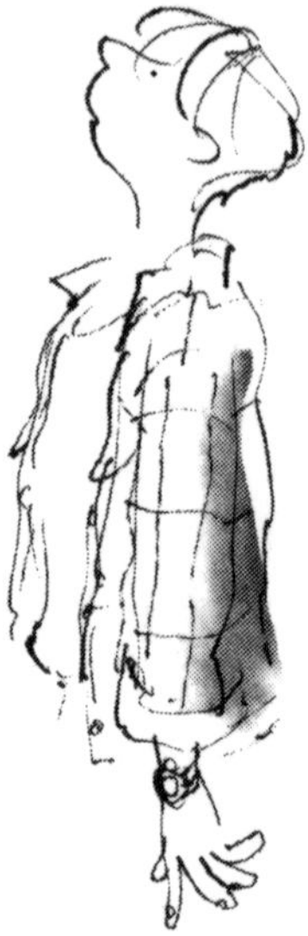

zu erklimmen. Kurz darauf hockte er auf dem dicken Ast und zerrte an den Seilen. Wie aber sollte er sie losbekommen ohne jedes Werkzeug? Er konnte die Riesennägel ja nicht mit den Zähnen herausziehen. Und sein Mofa einfach losknüpfen konnte er auch nicht, weil er nicht herankam. Und wäre er doch rangekommen, wäre es ihm nach dem zweiten geöffneten Knoten runtergefallen. Und dann wäre mehr als nur das Auspuffrohr kaputt gewesen.

Nein, Jens konnte gar nichts machen. Nur wieder herabsteigen von dem Mofabaum konnte er. Und kaum war er wieder unten, begann er zu schimpfen. Er hätte Lütt doch nur helfen wollen! Der Zwerg hätte ihm leid getan.

Danach lauschte er wieder. Er glaubte wohl immer noch, Lasse und Finn würden ihn heimlich beobachten.

»Na gut!« sagte er dann. »Dat mark ick mir.«

Das wollten sie ja gerade, daß er sich das merkte. Wieder hätten sie beinahe losgelacht. Ein bißchen aber mußten sie noch aushalten. Jetzt würde er ja sicher gleich gehen.

Und richtig: Jens gab auf. Noch ein trauriger Blick zu seinem Mofa hoch, dann lief er los, wahrscheinlich Werkzeug holen.

Johnny und Detlev, Wiebke und Silke, Hauke und Lütt warteten, bis Jens sie nicht mehr sehen und auch nicht mehr hören konnte, dann kamen sie hinter den Büschen hervor und lachten und jubelten, und Johnny tanzte sogar vor Freude. Einen schönen Streich hatten sie dem tollen Jens da gespielt. Aber er war ja immer noch nicht ganz zu Ende, dieser Rachestreich. Also bestieg Hauke schnell wieder den Mofabaum und zog mit seiner Zange nacheinander alle Nägel aus dem Seil. Zuerst natürlich die von den Seilenden, die Silke, Wiebke, Lütt, Johnny und Detlev eisern festhielten, damit das Mofa nicht herabstürzte. Danach die beiden anderen.

Nun konnten sie das Mofa langsam wieder herablassen, mußten aber die Seile weiter festhalten, sonst wäre es ihnen vielleicht doch noch auf den Waldboden gestürzt.

Endlich war Jens' Mofa heil unten angekommen. Sie banden die Seile ab und schoben es, das Hinterrad anhebend, auf die Landstraße hinaus. Das war nun ihr größtes Problem: Da das Hinterrad am Rahmen angeschlossen war, ließ es sich nicht bewegen. Das bedeutete, sie mußten den ganzen Heimweg lang das Hinterrad anheben, um das Mofa auf dem Vorderrad bis vors Schlüter-Haus schieben zu können. Dabei keuchten und schwitzten sie und mußten immer öfter Pausen einlegen. Aber lachen mußten sie zwischendurch auch immer wieder. Toll, daß alles so gut geklappt hatte.

Irgendwann hatten sie das Schlüter-Haus dann erreicht.

Hauke, Wiebke, Silke, Detlev und Johnny versteckten sich, Lütt aber blieb neben dem Mofa stehen und wollte gerade klingeln, da trat Jens schon aus der Schuppentür – über der Schulter eine Leiter, in der Hand den Werkzeugkasten. Also wollte er gerade zum Galgenberg, um sein Mofa loszumachen. Als er es bereits am Gartentor lehnen sah, guckte er verdutzt.

Lütt hielt seinen Zettel hoch, damit Jens ihn auch ja sah. Dann klemmte er ihn am Gepäckträger fest und humpelte laut pfeifend davon.

Was man sich mit einer Lüge erkauft, hält nicht, stand auf dem Zettel.

Das hatte Jens zu ihm gesagt, als er ihn zu der Beschwörung überredete. Und damit hätte er beinahe recht gehabt – nämlich dann, wenn das Mofa tatsächlich vom Baum gefallen wäre.

Das Streichholzbein

Die Geschichte vom Mofabaum ging genauso schnell in Lütjenholm herum wie die von Lütts Beinbruch. Dafür sorgten Wiebke und Silke, Johnny, Detlev und Hauke. Alle lachten über Jens' Reinfall, alle zwinkerten sie Lütt zu, wenn sie ihn trafen. Er hätte zufrieden sein können. Doch er war es nicht.

Was hatte er denn schon groß getan? Andreas war es, der gesagt hatte, ihr Streich müsse etwas mit dem zu tun haben, das Jens sehr wichtig war. Johnny hatte die Idee mit dem Mofabaum gehabt. Hauke war auf den Baum geklettert und hatte die Seile auf dem Ast festgenagelt.

Und die Briefe hatte Silke geschrieben. Nur weil sie Kathrins Schrift so gut nachmachen konnte, war Jens überhaupt auf die ganze Sache reingefallen. Er, Lütt, hatte immer bloß auf die Uhr gucken dürfen. Allein der Zettel zum Schluß war seine Idee gewesen. Konnte er da mit sich zufrieden sein? Er seufzte tief.

»Weshalb atenst du denn immer so swoor?« fragte die Großmutter verwundert. »Jöökt der Gips so?«

Und die Mutter sagte: »Guck doch nicht immer so traurig. Geht ja allens vorüber.«

Natürlich juckte das Bein unterm Gips, und er konnte sich nicht kratzen. Aber nicht deshalb atmete Lütt so schwer oder guckte traurig, sondern weil nichts, überhaupt nichts, vorübergehen würde. Jetzt waren große Ferien, und er hatte noch immer seinen Gips drauf. Also hatten die Kinder Mitleid mit ihm. Außerdem hatte es ihnen Spaß gemacht, Jens einen Streich zu spielen. Wenn die Schule wieder begann, war der Gips längst ab und die Geschichte vom Mofabaum vergessen. Dann war er wieder Lütt Luftballon, der Wasserfloh, Pinguin oder Dwarg.

Nein, Lütt konnte einfach nicht glauben, daß die anderen nun wirklich seine Freunde waren. Zwar hatten sie gegen Jens zusammengehalten, aber hatten sie ihn bei dem Streich auch nur eine einzige Sekunde ernster genommen als zuvor? Im Gegenteil, sie hatten überhaupt nicht richtig zugehört, als er das mit dem Baum für viel zu gefährlich hielt und das Mofa nur im Gebüsch verstecken wollte. Es war ihre Rache gewesen, nicht seine.

Riese von innen! Andreas hatte gut reden. Es war verdammt schwer, von innen riesig zu sein, wenn die anderen nur auf die paar Zentimeter mehr oder weniger guckten, die einer lang war oder nicht.

Das alles ging Lütt in den ersten Ferientagen im Kopf herum. Was ihn ein wenig erleichterte, war nur der Gedanke an Judy Johnson. Inzwischen kannte er die Plakate natürlich auch. Doch würde er den berühmten Popstar wirklich zu sehen bekommen? Das mit der Menschenleiter war nicht so einfach, wie Hauke es sich gedacht hatte. Schließlich mußte immer einer oder eine von ihnen unten stehen, damit die anderen an ihm oder ihr hochklettern konnten. Und wer zuletzt unten stand, an wem sollte der hochsteigen?

Sie hatten hin und her überlegt, aber selbst der sonst so schlauen Silke war nichts eingefallen. Sie konnten ja schließlich keine Leiter mitschleppen. Und ohne Hilfe würde nicht mal Hochspringer Hauke an das kleine Fenster gelangen. Es war einfach so: Einer von ihnen würde Judy Johnson nicht sehen, sondern ihr nur vom Klo aus zuhören können. Wer das sein würde, wollten sie auslosen. Aber erst vor der Turnhallen-Toilette. Sonst kamen der Verlierer oder die Verliererin vielleicht gar nicht erst, und sie mußten noch mal losen.

Und wenn nun gerade er verlor? Dann war er wieder nur »dabeigewesen«, dann waren wieder mal die anderen die Helden.

Finn würde auf jeden Fall zu dem Judy-Johnson-Konzert gehen. Der große Bruder hatte längst eine Karte.

Ganz vorn, zweite Reihe Mitte, würde er sitzen. Trotzdem machte er immer ein komisches Gesicht, wenn Lütt ganz neidisch von dem großen Abend in der Turnhalle sprach. Fast so, als ginge er nur aus lauter Langeweile dorthin.

Eine Woche vor dem Konzert war es dann endlich soweit: Lütt bekam den Gips ab. Seine Sorgen wurden dadurch aber nicht weniger. Im Gegenteil, es kamen noch welche hinzu.

Wie dünn und weiß sein krankes Bein aussah! Wie ein Streichholz ohne Kuppe. Und dann sagte der Arzt auch noch, daß er sehr aufpassen müsse. Das Bein sei geschwächt. Sport dürfe er vorläufig nicht treiben. Nicht Fußball spielen, nicht springen, nicht – klettern! Sonst könnte es ihm passieren, daß er sich das Bein gleich wieder brach. Nur Spaziergänge und ein leichtes Lauftraining wären erlaubt.

Aber er mußte doch klettern, wenn er durch das Toilettenfenster in die Turnhalle wollte! Und er mußte springen – vom Fenster herab in die Halle hinein. Oder sollte er etwa seinem »Striekstickenbeen« zuliebe auf Judy Johnson verzichten?

Lütt hielt sein Streichholzbein soviel wie möglich in die Sonne, damit es wenigstens nicht mehr ganz so käsig aussah, aber dicker wurde es davon nicht. Da half wirklich nur Lauftraining. Und so lief er in der Woche vor dem Konzert jeden Tag mehrmals rund um Lütjenholm. Vielleicht schaffte er es ja, sein Bein wenigstens ein bißchen kräftiger zu machen, bevor der große Abend heran war.

Während er lief, fragte er sich immer wieder, ob all die Mühe, die er sich gab, nicht ganz umsonst war. Vielleicht zog er ja tatsächlich das Verliererlos. Zu einem Pechvogel wie ihm würde eine Niete gerade passen.

5:1 für Lütt

Der große Abend kam heran, und Finn stieg in seine neueste Jeans und band sich sogar einen Schlips um.

Lütt saß auf dem Bett und sah dem großen Bruder zu. Und weil er ja vielleicht im Klo zurückbleiben mußte, bat er Finn, ihm ein Autogramm von Judy Johnson mitzubringen. Damit er wenigstens das ganz sicher hatte.

Der große Bruder tippte sich an die Stirn. »Willst mich wohl verkohlen, was?«

Da hielt Lütt es nicht länger aus und rannte mit Tränen in den Augen aus dem Zimmer. Nie wollte Finn etwas für ihn tun! Und das, obwohl Judy Johnson doch die Allerallergrößte für ihn war.

Lasse lachte nur über Finn. »Bist ja bannig schmuck«, lästerte er, als der Bruder mit einer Menge Gel im sorgfältig gekämmten Haar endlich loszog. »Und alles nur für die hübsche Kathrin.«

In Lütjenholm hatte sich längst herumgesprochen, daß Silkes Schwester Kathrin jetzt mit Finn ging. Aus irgendeinem Grund aber schämte sich Finn dafür, eine Freundin zu haben. »Hühnerschieter!« sagte er zu Lasse und verschwand.

Die Eltern, die gerade Zeitung lasen, lachten. Die Großmutter jedoch fragte sich besorgt, ob sie nicht vielleicht doch etwas versäumte. »Allns loopt in die

Turnhall«, schimpfte sie leise vor sich hin. »Und ick ole Fru sitt immer nur vörm Fernseher.«

Lasse würde nicht in die Turnhalle laufen, und er würde auch nicht vor dem Fernseher sitzen. An den Wochenenden, wenn er ausschlafen durfte, ging der älteste der drei Lütjen-Brüder immer früh ins Bett und las. Und das bis in die tiefe Nacht hinein. Und fast immer waren es Krimis oder Bücher über Hühnerzucht, die er im Bett verschlang.

Und ganz klar, auch Lütt würde nicht vor dem Fernseher hocken, solange Judy Johnson in Lütjenholm war. Wenn nicht in der Turnhalle, würde er das Konzert eben vom Klo aus mitverfolgen. Das wäre dann zwar viel Pech, aber immer noch besser als fernsehen. Er wollte nur eine günstige Gelegenheit abwarten, um zu verschwinden.

Die günstige Gelegenheit kam, als Hinrich Asmussen klopfte. Seine Cleopatra kalbte. Ob er mal den Tierarzt anrufen dürfe?

Weil Hinrich Asmussen so gern im »Kirchspielkrug« saß, hatte er kein Geld für ein Telefon. Deshalb ging er zum Telefonieren immer zu den Lütjens. Jedenfalls behauptete Lütts Großmutter das.

Hinrich Asmussen telefonierte, und die Eltern hörten neugierig zu. Es war ja schon das dritte Mal, daß Cleopatra kalbte. Bisher waren das immer sehr schwere Geburten gewesen. Ob sie diesmal weniger Theater machte?

Lütt tat, als interessiere er sich nicht für Cleopatra. Langsam stieg er in sein Zimmer hoch. Dort zog er schnell seine beste Hose und ein sauberes Hemd an, kämmte sich, beguckte sich im Spiegel und schlich die Treppe wieder hinab.

Im Wohnzimmer telefonierte Hinrich Asmussen noch immer. Und die Großmutter schimpfte mal wieder. Sie fände es zum Gotterbarmen, sagte sie gerade, daß einer, der so viel Vieh besaß wie Asmussens Hinrich, ihnen »Dag för Dag« das Schmalz vom Brot telefonierte. Schließlich wären ja gerade erst wieder die Telefongebühren erhöht worden.

Behutsam schlich Lütt an der offenen Stubentür vorbei in die Küche, dann stieg er auch schon aus dem Fenster und lief los.

Johnny, Wiebke und Hauke warteten bereits. Und kaum war Lütt ganz außer Atem vor der Turnhalle angelangt, kamen auch Detlev und Silke angerannt. Alle machten sie sehr feierliche Gesichter. Was sie vorhatten, war ja verboten. Wenn sie erwischt wurden, bekamen sie Ärger. Sie fanden sich sehr mutig.

Inzwischen strömten immer mehr Leute in die Turnhalle. Lütt mußte aufpassen, daß Finn ihn nicht entdeckte. Aber vielleicht war der Bruder ja schon drin. Oder Kathrin und er gingen vorher noch ein bißchen spazieren. Liebespaare gingen ja immer sehr viel spazieren.

»Wir müssen warten, bis es angefangen hat«, flüsterte Hauke. »Sonst merken sie was.«

Er hatte recht. Wenn Judy Johnson erst auf der Bühne stand, wollte sicher niemand mehr aufs Klo. Und in der Halle würden alle zur Bühne hochgukken und nicht das Toilettenfenster beobachten.

»Ob sie auch *My Little House* singt?« Lütt war so aufgeregt, er mußte einfach was sagen.

»Klar«, antwortete Silke nur.

»Und *The Yellow Taxi-Driver?*«

»Warum denn nicht? Das sind doch ihre Hits.«

Lütt nickte – und dann fragte er endlich, was ihn wirklich bewegte: »Wann losen wir denn nun?«

»Ja«, sagte auch Johnny. »Laßt uns bald losen. Sonst mach ich mir vor Aufregung noch in die Büx.«

Silke nickte Wiebke hoheitsvoll zu, und Wiebke zog sechs kleine Zettel aus ihrer Hosentasche. Fünf davon waren leer, auf einem stand *Niete*. »Wer einen leeren zieht, darf hinein«, erklärte sie. »Wer die Niete zieht, macht die letzte Leiter.«

Lütt begann zu schwitzen. Die Chancen, die Niete nicht zu ziehen, standen 5 : 1 für ihn. Aber das galt für die anderen genauso.

Silke und Wiebke falteten alle sechs Zettel so zusammen, daß einer wie der andere aussah, dann mischten sie sie und legten alle in Wiebkes Taschentuch. Sofort machte Detlev einen Schritt zurück. Er wollte das Los nehmen, das als letztes übrigblieb. In einem Fernsehfilm hatte es ein ganz gewiefter Spieler genauso gemacht – und gewonnen.

»Und wer zieht zuerst?« Wiebke sah Lütt an.

Erschrocken machte auch Lütt einen Schritt zurück. Also zog Hauke als erster, faltete sein Los auseinander – und hatte einen leeren Zettel erwischt.

Er strahlte. »Das wußte ich. Ich hab immer Glück.«

Lütt seufzte. Nun stand es nur noch 4 : 1. Ob er als nächster zugreifen sollte?

Doch bevor er sich dazu durchgerungen hatte,

zog Silke schon ihr Los – und hatte auch einen leeren Zettel erwischt.

»Soll jetzt ich?« wollte Lütt gerade fragen, da hatten Johnny und Wiebke schon zugegriffen. Beide fast gleichzeitig – und beide hatten sie leere Zettel gezogen. Damit gab es bereits vier strahlende Gesichter, und es stand nur noch 1 : 1.

»Los!« sagte Detlev da. »Zieh!« Und mit gelassenem Gesicht verschränkte er beide Arme über der Brust.

Lütt starrte die übriggebliebenen beiden Lose in Wiebkes Taschentuch an, und sein Herz zog sich zusammen. Er wußte schon, daß er die Niete ziehen würde. Bei 1 : 1 müßte er sehr viel Glück haben, nicht den falschen Zettel zu ziehen, und wann hatte er schon mal Glück gehabt? Zaghaft griff er zu, faltete das Stück Papier auseinander – und hatte die Niete erwischt.

»So ein Pech!« Detlev grinste, nahm den letzten Zettel und guckte nur noch zur Kontrolle nach. Aber natürlich war sein Zettel leer.

»Tut mir leid!« Silke bedauerte Lütt ganz ehrlich. »Ausgerechnet jetzt, wo du kein Gipsbein mehr hast... Aber verloren ist verloren, und gewonnen ist gewonnen.«

Die anderen nickten nur. Was konnten sie dafür, daß einer im Klo bleiben mußte? Anders ging es nun mal nicht.

Johnny aber zögerte erst ein Weilchen, dann sagte er plötzlich zu Lütt: »Wollen wir die Lose tauschen? Ich finde Judy Johnson ja gar nicht so toll. Und wo du schon das Poster von ihr hast und die Kassette ...«

Doch das wollte Lütt nicht. Warum sollte Johnny mit ihm mehr Mitleid haben als mit Hauke, Detlev, Silke oder Wiebke? Nur weil er kleiner war? Nein! So was zählte nicht. Johnny hatte gewonnen, also sollte er sich Judy Johnson anschauen. Er, Lütt, würde sich eben auf den Klodekkel hocken und von dort aus alles mit anhören. Er war zwar klein, aber riesig von innen. Auch wenn das viel schwerer war, als von außen ein Riese zu sein, und es meistens nicht mal bemerkt wurde.

Ein Glückstag

Endlich waren alle, die Karten für das Konzert hatten, in der Turnhalle verschwunden – und das Klo war frei.

Es war keine Herren- oder Damentoilette. Es gab nur die eine, also durften alle hinein, Männer und Frauen, Jungen und Mädchen. Wer drin war, mußte nur am Türknopf drehen. Dann war die Tür verriegelt, draußen stand *Besetzt*, und niemand konnte mehr hinein.

Kaum hatte Johnny die Tür fest zu, guckten alle sechs zu dem kleinen Fenster hoch. Es war geschlossen. Aber das Stimmengemurmel der Leute in der Turnhalle war deutlich zu hören.

»Ich mach zuerst die Leiter.« Hauke stand schon unter dem Fenster und verschränkte beide Hände ineinander. Johnny stellte einen Fuß in Haukes Hände, hielt sich an seinem Kopf fest und stieg ihm auf die Schultern. Hauke wackelte ein bißchen, aber dann konnte Johnny sich am Fenstergriff festhalten und das Fenster vorsichtig öffnen.

Sofort drang das Stimmengewirr aus der Turnhalle viel lauter in die Toilette. Und dann ging hinter dem Fenster auch schon das Licht aus.

»Los!« rief Detlev aufgeregt. »Kriech durch! Noch düsterer wird's nicht.«

Johnny schob die rechte Schulter durch das Fenster und wollte den Kopf nachziehen. Doch das ging nicht, das Fenster war zu klein. Er versuchte es mit der linken Schulter. Aber wieder störte sein Kopf. »Da passen wir nicht durch«, rief er leise. »Das ist ja nur 'n Luk und kein Fenster.«

»Das ist bloß, weil du so verfressen bist«, schimpfte Silke. »Laß mich mal probieren.«

Vorsichtig stieg Johnny wieder herunter, und Silke kletterte an Hauke hoch. Aber auch sie kam nicht durch. Die Fensteröffnung reichte nur für ihren Kopf und eine Schulter, der Rest blieb in der Toilette.

Enttäuschung machte sich breit. Sie hatten sich so auf das Konzert gefreut. Und nun? Sollten sie etwa zu sechst in dem engen Toilettenraum stehen und zu dem kleinen Fenster hochlauschen?

»Lütt paßt vielleicht durch«, sagte da auf einmal Wiebke.

Wie auf Kommando sahen alle Lütt an. Der bekam einen roten Kopf. Er hatte doch die Niete gezogen. Was würden die anderen sagen, wenn ausgerechnet er ins Konzert käme?

Drinnen war inzwischen Musik zu hören. Das Vorspiel zu *My Little House . . .*

»Los!« rief Johnny. »Probier's mal.« Und schon stellte er sich unters Fenster und legte die Hände zusammen.

Da vergaß Lütt, was der Doktor übers Klettern und Springen gesagt hatte. Eins – zwei – drei stand er auf Johnnys Schultern. Und dann zog er sich am offenen Fenster hoch, an das er gerade so herankam – und paßte mit beiden Schultern durch.

»Super!« hörte er Silke noch neidisch sagen, dann vergaß er die Freunde.

Unter ihm war alles voller Leute. Dicht an dicht saßen sie auf den Bänken und sahen zur Bühne hin. Und auf der Bühne – stand Judy Johnson! In dem langen schwarzen Kleid, das so gut zu ihren roten Haaren paßte, stand sie da und sang das Lied vom kleinen Haus in der Meeresbucht, nach dem sie solche Sehnsucht hatte. Hinter ihr saßen und standen fünf Musiker. Alle hatten sie rote Hosen und schwarze Jacken an und machten genauso traurige Gesichter wie Judy Johnson.

Vorsichtig hielt Lütt nach Finn Ausschau und entdeckte ihn tatsächlich in der zweiten Reihe. Und Kathrin Tetens saß neben ihm …

»Was ist? Warum springst du nicht runter?« zischelte Hauke unten in der Toilette. »Wir wollen auch mal was sehen.«

Lütt mußte gar nicht runterspringen. Gleich neben dem Fenster waren die Kletterstangen angebracht. Er brauchte nur eine zu packen, sich daran festzuhalten und langsam runterzurutschen. Aber das konnte er erst tun, wenn das Publikum klatschte. Dann hörten sie ihn nicht. So lange mußten die anderen noch warten.

Da! Die Musik verklang, Judy Johnson verneigte sich, und das Publikum lachte und klatschte begeistert. Lütt wunderte sich ein bißchen darüber, wie die Leute nach so einem traurigen Lied lachen konnten. Dann kroch er schnell durchs Fenster, packte eine der Kletterstangen und ließ sich – ffft! – daran herab. Der Beifall hielt noch immer an, als er längst auf einem freien Platz am Ende der dritten Reihe saß und hastig mitklatschte.

»Wo kommst du denn plötzlich her?« fragte da auf einmal eine tiefe Stimme neben ihm.

Lütt sah hoch – und erschrak: Er hatte sich ausgerechnet neben Reimer Oldehus gesetzt, den Bürgermeister!

»Ich ... bin ein bißchen zu spät gekommen«, antwortete er leise und klatschte vor Angst gleich noch lauter. Hoffentlich glaubte ihm Herr Oldehus. Es wäre zu schlimm, wenn der Bürgermeister ihn vor allen Leuten und unter Finns und Judy Johnsons Augen wieder vor die Turnhalle befördern würde.

Doch der große, breite Mann neben ihm fragte nichts weiter, sondern sah wieder zur Bühne. Dort setzte erneut Musik ein, und Judy Johnson begann langsam zu tanzen.

Rasch drehte Lütt sich zum Toilettenfenster um.

Johnny guckte gerade durch. Als er Lütts Blick bemerkte, winkte er. Wie der Blitz wandte Lütt sich wieder ab. Wenn Herr Oldehus Johnny entdeckte, würde er wissen, woher sein neuer Nachbar plötzlich kam.

Judy Johnson konnte toll tanzen. Und sie sang dazu, als machte ihr das Tanzen gar keine Mühe. Lütt fand, daß sie in Wirklichkeit noch viel besser sang als auf seiner Kassette. Und erst recht besser als im Fernsehen, weil die Eltern ja nur einen sehr alten Fernseher besaßen, in dem es oft rauschte.

Dem Bürgermeister neben Lütt gefiel der Gesang offensichtlich auch. Beim *Yellow Taxi-Driver* summte er sogar leise mit.

Vorsichtig linste Lütt zu Finn hin – und zuckte freudig erregt zusammen. Kathrin und Finn hielten Händchen! Da konnte ihn der Bruder, falls er ihn entdeckte, nicht verraten. Sonst würde er in ganz Lütjenholm herumerzählen, was er gesehen hatte. Und notfalls auch noch ein bißchen was hinzuerfinden.

Ein Blick zum Toilettenfenster – jetzt guckte Silke durch. Also wechselten die anderen sich alle paar Minuten ab: Einer oder eine spielte Leiter, einer oder eine durfte gucken. Nur in der Pause, da würden sie verschwinden müssen, weil dann das Publikum das Klo stürmte.

Aber noch war keine Pause, noch sang und tanzte Judy Johnson. Und das Publikum sah und hörte zu und klatschte und lachte. Lachte viel zu viel, wie Lütt fand. Manchmal bei jedem zweiten Schritt, den Judy Johnson machte. Oder wenn sie mit einer Hand ihr rotes Haar zurückstreifte und dem Publikum schelmisch zuwinkte.

Blöde Leute! Als ob sie noch nie einen Popstar gesehen hätten. Dabei kamen doch immer mal wieder berühmte Künstler in die Turnhalle.

Nach einem besonders lustigen Lied war dann Pause. Das Licht ging an. Lütt, der sich rasch umgedreht hatte, sah gerade noch, wie Wiebke den Kopf wegzog. Jetzt mußten die anderen raus aus dem Klo. Und er? Er mußte aufpassen, daß Finn ihn nicht entdeckte. Das war einfacher, als ihm erst drohen zu müssen.

Der Pausenbeifall ebbte ab, und alle standen auf. Auch Reimer Oldehus. Und dann sah er über seinen Bauch hinweg auf Lütt hinunter und sagte freundlich: »Da hast du aber Glück gehabt, daß meine Frau nicht mitkommen konnte. Sonst hättest du nicht so weit vorn sitzen können, oder?«

Also saß er auf Frau Oldehus' Platz? Lütt wurde bleich. »Ja«, gab er leise zu. »Ich hab gesehen, daß der Platz noch frei ist ... und ... da bin ich ... nach vorn gekommen.«

»Na siehst du!« Der Bürgermeister lächelte noch freundlicher. »Des einen Pech ist des anderen Glück.« Er tätschelte Lütt den Kopf, als wäre der noch ein Säugling, dann ging er zu Herrn Binckerbancks Getränkestand und stellte sich in der Schlange an.

Lütt hätte auch gern was getrunken. Johnnys Vater war aber bei solchen Veranstaltungen immer viel teurer als sonst. Außerdem wollte er ja nicht auffallen. Also stellte er sich ein wenig abseits von allen anderen in eine Ecke und paßte auf, daß Finn ihn nicht entdeckte. Während er so dastand, überlegte er, daß heute sein Glückstag sein mußte. Er als einziger war ohne Karte ins Judy-Johnson-Konzert gelangt. Und er saß auf dem Platz von Frau Oldehus, die manchmal sogar für die Zeitung schrieb, also eine ziemlich berühmte Persönlichkeit war.

Stolz kam in ihm auf. Vielleicht würde er später auch mal für die Zeitung schreiben. Zumindest würde er Andreas schreiben. Und zwar gleich morgen. Einen richtigen Zeitungsartikel wollte er ihm schreiben: *Ein Abend mit Judy Johnson.* Darin würde er Andreas alles ganz genau schildern. Was Judy Johnson angehabt hat, wie sie sang und tanzte, welche Lieder sie gesungen hat. Und auch über das Publikum würde er schreiben. Wie es sich freute und klatschte und leider viel zu oft lachte. Dieses ewige Gekicher und Gegrinse war das einzige, was ihm an dem Konzert nicht gefiel.

Dann war die Pause endlich vorüber, und Judy Johnson kam zurück. Diesmal in einem schneeweißen Kleid. Und die Musiker trugen genauso weiße Jacken zu ihren roten Hosen. Also wiederum alles sehr passend. Und Judy Johnson, so fand Lütt, sang und tanzte jetzt fast noch besser als zuvor.

Unentwegt starrte er die Frau auf der Bühne an. Das wußte er jetzt schon, wenn er von nun an die Judy-Johnson-Kassette hörte, würde er sie immer so vor sich sehen, singend und tanzend in der Turnhalle – und viel, viel schöner als im Fernsehen.

Irgendwann kam dann das letzte Lied, und es war

ein besonders trauriges Lied, das sie zum Abschluß sang. Das bekam sogar Lütt mit, obwohl er den englischen Text nicht verstand. Judy Johnson senkte den Kopf, sang leiser und leiser, und die Musiker spielten auch immer leiser – bis auf einmal ein lauter Trommelwirbel einsetzte und Judy Johnson ruckartig den Kopf wieder hob und sich ihre

roten Haare vom Kopf riß. Das Publikum johlte, und sogar der Bürgermeister neben Lütt jubelte, klatschte und trampelte. Nur Lütt saß wie versteinert da: Wieso hatte Judy Johnson denn eine Perücke aufgehabt? Und was sollten die wie angeklatscht nach hinten gekämmten schwarzen Haare bedeuten, die nun zu sehen waren? Und wieso sah Judy Johnson ohne ihre roten Haare gar nicht mehr aus wie Judy Johnson?

Und – was machte sie denn jetzt? Sie griff sich in den Kleiderausschnitt, nahm einen Apfel heraus – und biß hinein. Und erneut brüllte das Publikum vor Freude, schrie, klatschte und trampelte. Und da lächelte Judy Johnson, griff wieder in ihr Kleid und hatte noch einen Apfel in der Hand. Und den warf sie weit ins Publikum hinein. Und Jens Schlüter, ausgerechnet Jens Schlüter, fing ihn auf, grinste frech – und biß ebenfalls hinein.

Und jetzt hatte Judy Johnson keinen Busen mehr!

Also war Judy Johnson in Wahrheit ein Mann? War vielleicht immer schon ein Mann gewesen? Und nur er hatte es nicht bemerkt? Lütt war von all dem so verwirrt, am liebsten wäre er fortgerannt.

Und nun klatschte das Publikum auch noch im Takt und rief immer wieder: »Zu-ga-be! Zu-gabe!«

Da stülpte der Mann auf der Bühne sich die rote

Perücke wieder auf und sang noch mal das Lied vom kleinen Haus in der Meeresbucht. Doch jetzt gefiel es Lütt nicht mehr. Wenn das da oben wirklich Judy Johnson war, wollte er nie wieder was von ihr hören. Dann würde er ihr Poster noch heute abend in tausend kleine Fetzen reißen. Und ihre Kassette würde er in die Kleine Au werfen. Sollten die Fische sich ihr Gekrächze anhören. Er wollte mit so einem Quatsch nichts mehr zu tun haben.

Es wird immer besser

Der Mann im Judy-Johnson-Kleid hatte seine letzte Zugabe gebracht, und damit war das Konzert beendet. Alles strömte zum Ausgang. Nur Lütt beeilte sich nicht.

Wie hatte er sich auf Judy Johnson gefreut! Wie traurig war er gewesen, als er die Niete zog! Wie glücklich, als er schließlich doch noch hineinkam in die Turnhalle und auf Frau Oldehus' Platz saß! Ein Glückstag, hatte er gedacht. Und in Wahrheit war's ein Pechtag gewesen. Viel schlimmer als der Sturz von der Leiter. Eine solche Enttäuschung hatte er noch nie zuvor erlebt.

Natürlich war ihm inzwischen alles klar geworden: Nur weil die Leute in der Turnhalle wußten, daß in dem Frauenkleid ein Mann steckte, hatten sie so oft gelacht. Aber wieso hatte er das nicht gemerkt? Er war doch nicht dümmer als andere.

Vor dem Ausgang warteten bereits Hauke, Silke, Wiebke, Johnny und Detlev. Alle fünf guckten sie ihm entgegen, und alle fünf strahlten sie ihn an. Und lag in ihren Blicken nicht auch so was wie Bewunderung?

Noch verwirrter als zuvor trat Lütt ihnen entgegen – und da redeten sie alle zugleich auf ihn ein. Wie toll die Show gewesen sei, und wie irre verrückt sie das fanden, daß Judy Johnson in Wahrheit gar nicht Judy Johnson war. Und warum denn keiner von ihnen das Plakat richtig gelesen habe? Da hätte doch alles draufgestanden.

Sie lachten über sich selbst und waren nicht im mindesten enttäuscht. Lütt verstand die Welt nicht mehr. Also war Judy Johnson in Wahrheit doch kein Mann und der auf der Bühne nur irgendein Typ in Frauenkleidern, der sie nachgemacht hatte? Aber war das denn nicht Betrug? Er guckte immer verständnisloser.

Da führte Wiebke ihn endlich vor das Plakat, das an der Turnhalle hing. Und im Schein der Lampe darüber las Lütt:

Gala-Vorstellung
Fiete Klümper (Hamburg) als
JUDY JOHNSON SUPERSTAR!
Einmaliges Gastspiel in der Turnhalle Lütjenholm

Es war genau das gleiche Plakat, das bei Johnnys Vater an der Tür hing. Wieso hatte er das denn vorher nicht richtig gelesen? Weil er immer nur die großen Buchstaben gesehen hatte. *Judy Johnson Superstar*. Nur das war ihm ins Auge geknallt. Und den anderen war es genauso ergangen.

Aber warum waren sie nicht so enttäuscht wie er? Warum strahlten sie so begeistert? Lütt hörte den anderen ein Weilchen zu, dann begriff er: Ein

Mann, der singen und so aussehen konnte wie eine Frau, das beeindruckte sie. Die echte Judy Johnson wäre gar nichts Besonderes gewesen. Die war ja nur, wie sie war. Ein Mann als Judy Johnson war eine Sensation. Das fanden sie toll.

Und nun guckten sie auch ihn wieder an, als wäre er so etwas wie die zweite Sensation dieses Abends.

Was war denn an ihm plötzlich so Besonderes? War er etwa gewachsen in den zwei Stunden, die das Konzert gedauert hatte?

Lütt blickte einmal in die Runde, zweimal, dreimal, dann machte es endlich klick: Die anderen bewunderten ihn, weil er alles von ganz nah miterlebt hatte. Hineingekommen in die Turnhalle aber war er nur, weil er so klein und schmal war. Beneideten sie ihn etwa um seine kleine Größe?

Das war ja verrückt. Früher wollte er nicht weniger sein als andere, nur weil er kleiner war. Jetzt war es auf einmal ein Vorteil, ein Lütt Luftballon zu sein. Kaum war ihm das bewußt, da strahlten nicht nur Hauke, Wiebke, Silke, Detlev und Johnny ihn an, da strahlte Lütt genauso glücklich zurück. Und dann sagte Johnny auch noch, daß es nächsten Monat wieder ein Konzert in der Turnhalle geben würde. Lucky Zimmerle, der singende Cowboy aus Stuttgart, wollte kommen. Aber dann ganz in echt.

Natürlich wußten alle sofort, was Johnny damit sagen wollte: Lütt würde sich, weil er so klein war, auch Lucky Zimmerle ansehen können. Und alle anderen Stars, die danach kamen, ebenfalls. Von jetzt an würde Lütt immer umsonst in die Turnhalle kommen. Er brauchte nur jemanden, der ihm die Leiter machte. Und dieser Jemand würde Johnny sein, Lütts allerbester Freund, das war klar.

Wieder sahen ihn alle neidisch an – und da durchströmte Lütt plötzlich ein ganz warmes Gefühl: Andreas hatte recht gehabt. Es war etwas Besonderes, so lütt zu sein. Normalgroße gab es in Lütjenholm jede Menge, aber keiner von denen kam umsonst in ein Turnhallen-Konzert.

Er versprach den anderen noch schnell, ihnen morgen alles von dem Konzert zu erzählen, dann lief er nach Hause. Es war längst dunkel, und sicher hatten die Eltern bereits entdeckt, daß er mal wieder nicht in seinem Bett lag.

Während er lief, freute Lütt sich noch mehr. Schön, daß er weiter ein Judy-Johnson-Fan bleiben durfte. *Sie* war es ja nicht gewesen, die ihn so enttäuscht hatte. Was konnte Judy Johnson dafür, daß dieser Fiete aus Hamburg sie nachmachte? Und daß der das so gut konnte, daß ihr allergrößter Fan keinen Unterschied bemerkte, war auch nicht ihre Schuld. Also war das Konzert doch keine Enttäuschung gewesen, und er durfte sich freuen, drin gewesen zu sein.

Und Lütts Glückstag war immer noch nicht zu Ende. Als er nämlich zu Hause angelangt war, sah er, daß in Hinrich Asmussens Stall noch Licht brannte. Er schlich sich an die Tür, spähte hinein – und freute sich: Cleopatra kalbte immer noch! Und nicht nur Hinrich Asmussen und der Tierarzt waren bei ihr, auch die Eltern, Lasse und die Großmutter redeten der trächtigen Kuh gut zu. So hatten sie sicher noch gar nicht mitbekommen, daß er mal wieder ausgebüxt war. Wie schön, daß Cleopatra beim Kalben immer solche Schwierigkeiten machte!

Lütt stieg über den Zaun, fand das Küchenfenster noch offen, kroch hindurch und wurde von Sünjes langer feuchter Zunge begrüßt. Das ganze Gesicht schleckte sie ihm ab. Aber sie bellte nicht. Nur wenn Fremde kamen, gab sie Laut. Also konnte Lütt nach dieser feuchtwarmen Begrüßung ungehört die Treppe hochschleichen. Vielleicht war Finn ja schon da und wusch sich gerade.

Der Bruder war bereits da, wusch sich aber noch nicht, sondern stand in ihrem Zimmer und runzelte die Stirn. »Wo hast du denn so lange gesteckt?«

Zuerst wollte Lütt so tun, als wäre er auch bei Cleopatra gewesen. Doch dann konnte er das nicht. Wäre ja viel zu schade zu lügen, wenn er dem Bruder eine solche Mitteilung machen konnte. Also sagte er nur: »Ich war bei Judy Johnson« – und mußte lachen. Jetzt wußte er ja, warum Finn immer so komisch geguckt hatte, wenn er von dem Judy-Johnson-Konzert sprach, und weshalb er ihm kein Autogramm mitbringen wollte. Was sollte er denn mit einem Fiete-Klümper-Autogramm?

Erst machte Finn ein verdutztes Gesicht, dann lachte er mit. Die falsche Judy Johnson hatte ihm ebenfalls ganz toll gefallen. Gleich darauf aber wollte er wissen, wie Lütt denn ohne Karte in die Turnhalle gekommen sei. Lütt sagte es ihm und wartete ab, ob der Bruder schimpfen würde. Schimpfte er, würde er ihm damit drohen, daß er Kathrin und ihn nicht nur beim Händchenhalten, sondern auch beim Küssen beobachtet hatte. Die beiden hatten sich ja sicher schon mal geküßt. Und wenn nicht, war es auch nicht schlimm. Die Leute würden ihm glauben, nicht Finn.

Doch der Bruder schimpfte nicht, hob nur verwundert die Augenbrauen. Das hätte er nicht gedacht, daß der lüttste der Lütjen so raffiniert sein konnte.

Lütt hätte das auch nicht von sich gedacht. Zufrieden lag er danach im Bett und sah alles noch mal vor sich. Und dann wünschte er sich, ewig so klein zu bleiben. Die Konzertkarten würden ja bestimmt immer teurer werden, genauso wie die Telefongebühren. Und mit einem größeren Klofenster war auch nicht zu rechnen.

Der Autor

Klaus Kordon, 1943 in Berlin geboren, wuchs in Kinder- und Jugendheimen auf und versuchte sich in mehreren Berufen. An der Volkshochschule holte er das Abitur nach, studierte Volkswirtschaft und unternahm als Exportkaufmann Reisen nach Afrika und Asien. Seit 1980 ist er freiberuflicher Autor und lebt in Berlin und Schleswig-Holstein. Weitere Reisen führten ihn durch Europa, Asien, Nordafrika, Australien und Südamerika. Viele seiner Bücher (Erzählungen, Lyrik, Kinder- und Jugendliteratur) wurden in verschiedene Sprachen übersetzt und mit namhaften nationalen und internationalen Preisen ausgezeichnet (darunter Jenny-Smelik-Preis / IBBY-Preis, Zürcher Kinderbuchpreis, Silberner Griffel, Preis der Leseratten, ZDF, Friedrich-Gerstäcker-Preis, Jugendliteraturpreis der Stadt Bad Harzburg).

Im Erika Klopp Verlag erschienen: »Ein richtiger Indianer« – Kinderbuch ab acht, »Der Ritter im Sack« – Alte Märchen, Sagen und Schwänke neu gesponnen, »Hände hoch, Tschibaba!« – Geschichten von damals und heute, »Alicia geht in die Stadt« – Geschichten vom Überleben.

Der Illustrator

Philip Hopman wurde 1961 in Egmont am See als jüngstes von fünf Kindern geboren. Er studierte an der Rietveld-Akademie in Amsterdam und war Schüler von The Tjong Khing und Lydia Postma. Nach einem längeren Aufenthalt in Rom wandte er sich der Illustration von Kinder- und Jugendbüchern zu. Sein erstes Bilderbuch wurde für den Jack Ezra Keats Preis, einen Preis der Unicef, nominiert. Philip Hopman lebt in Amsterdam und arbeitet für eine Reihe niederländischer und deutscher Verlage. »Lütt Luftballon« ist das erste Buch, das er für den Erika Klopp Verlag illustriert hat.